朧月書版

朧月書版

鎮魂鈴

Soul
Sealing
Bell

下卷

風花雪悅 著

兔仔 繪

目錄

contents

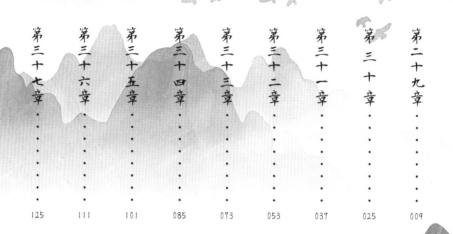

目錄
contents

第二十九章

上官昧很睏，上官昧很煩。

上官昧又睏又煩。

嗯，基本上每個大半夜被人從被窩裡挖起來的人都會跟他一樣的狀態。

「蘇星南，你別以為我沒睡醒工夫就不濟，相反的我現在武力高漲情緒也十分亢奮，你要是說不出來什麼十萬火急的事情來，我一定不惜犧牲將來三天的空閒把你打到臥床不起！」

上官昧連珠炮發地表達完自己的不滿後，就皺著眉頭等蘇星南坦白交代，但等了好一會兒，這位愁眉深鎖的少卿大人依舊只是愁眉深鎖地盯著自己攥著一起的手發呆，似乎並不十分在意上官昧的威脅。

「你……」

「你教我一下，怎麼樣才能看見男人沒有欲望？」

在上官昧快要發作的時候，蘇星南忽然蹦出來一句嗆得他幾乎翻白眼的話，上官昧拍拍胸口順順氣：「你這話歧義太大了，說得好像我本來也喜歡男人只是忍著一樣，這是對本官極大的汙衊啊！」

蘇星南抬起頭來，眉心依舊糾結：「可是，你看見美女的時候也沒多積極啊！」

「……那是情趣，你這個古板的人是不懂的。」上官昧咳咳兩聲岔開話題，「別往其他方面扯了，說吧，又跟你那小師父發生什麼事了？」

「我、我剛才，差點就要了他。」蘇星南遲疑一下，揉著額髮嘆氣道，「我明明說好了在等到他的答覆之前，絕對不會對他動手的，可是我卻出爾反爾了。唉，上官昧你說我該怎麼辦，三清一定很生氣，我該怎麼做才能哄回他？」

「我怎麼覺得這句話那麼耳熟？」上官昧白眼一翻，「你會不會有點本末倒置了呢？」

「嗯？」

「也就是倒過來說，如果許三清不喜歡你，又怎麼會允許你一次次越界，卻都只是生氣你一會就被你哄回去呢？」上官昧頓了頓，「打個比方，如果我對你做出非禮的舉動，你一定把我打成殘廢，以後都不再理我了吧？你們道門那麼多這種咒、那種咒，許三清若是不喜歡你，隨便一個術法就把你弄死了，哪裡還是你哄一哄就好的？」

「那你的意思是？」

「不哄啊！」上官昧理直氣壯，「既然知道他在乎你，那就乾脆不管他，把他放一邊，他自然會過來找你了，你又何必想怎麼哄回他呢？」

蘇星南皺眉：「這麼小氣，哪裡是大丈夫所為？」

上官昧笑道：「問題在於，你們兩個都是大丈夫，他不是女子，不會對一個為他好的人產生以身相許的想法，若只是你一昧為他設想，他便會心安理得地接受下去。朋友兄弟知己，有太多曖昧的身分讓他躲閃，可是你能滿足於朋友兄弟知己這些身分嗎？所以你只能逼他就範，明白表示你就是只接受這一重身分的相處，他對你的感情若足夠深厚，自然會屈服。」

明明在談論的是情愛之事，明明談論的人是那個能躺著絕不靠著的上官昧，蘇星南卻驀然覺得一陣寒氣透心。相處那麼久，他從來不知道原來上官昧對於愛情的觀念竟如沙場殺伐一樣蕭瑟。他並不是大大咧咧沒心沒肺，而是太過執著，只是單純的好感，曖昧的親暱是不夠的，他要麼不要，要就要全部。

蘇星南不禁嘆氣：「你從來都是那麼瀟灑果斷，我很佩服欣賞，可是我做不到。如果他對於我的感情沒有那麼深厚，即使面前只有愛人這個位置，他也寧願站著或者離開，也不要坐下去的話呢？我願意到他身邊坐著，徒弟、朋友、兄弟、知己，哪個位置都可以，我蘇星南一生所求，不過如此。」

一句「一生所求，不過如此」讓雄辯聖手上官昧都沉默了，他皺著眉頭盯著蘇星南，用力拍拍他的肩：「走吧，喝酒去。」

「三更半夜哪裡有酒喝？」

「你吵醒我，我就去吵醒酒家老闆！」

兩人勾肩搭背地往京城酒家走去，情愛之事太過虛渺，不如浮一大白，順其自然吧。

大理寺兩位少卿喝了個酩酊大醉，早朝都告假了，讓家丁抬著各自回了府，許三清也一夜難眠，聽得小僕們跑進跑出，便咕嚕一下跳下床，跑出去看是什麼事。結果一看卻是醉得嘴角都流口水了的蘇星南，只能哭笑不得地讓小僕們伺候他更衣就寢，自己跑去廚房給他煮解酒湯。

蘇星南直到晌午時分才暈暈沉沉地醒了過來，才剛剛撐起身體來就有溫熱的湯水浸到他嘴唇，生薑的芳香讓他自然地喝了下去，醒酒湯的氣息直衝天靈，渾噩的神智清醒了過來，才看清楚了是許三清扶著他喝醒酒湯。

「師、師父！」蘇星南連忙坐好，奪過碗來驚訝道，「怎麼能讓你服侍我呢，小僕們呢？」

「你把他們折騰壞了，我讓他們去休息了。」許三清指指那碗湯，「快點喝，喝完還要吃柚子，你嘴巴臭死了！」

「啊，喔……」蘇星南聽話地捧起碗來喝醒酒湯。

「你不用躲著我，我不生氣。」

「咳咳！」

許三清忽然跳出來一句話，嗆得蘇星南一口薑湯岔了喉，猛烈地咳嗽了起來，許三清連忙給他拍背：「幹嘛喝得那麼急！」

「咳咳，我、我沒事。」蘇星南不太自然地挪開了一點，「我出爾反爾，你不生氣？」

「我並不是生氣，只是被嚇到了，還有就是覺得，不合適。」許三清自己也想了一晚上，「以後你不再這樣，我就原諒你。」

「嗯，對不起。」蘇星南也不知道該說什麼才好了，果然如上官昧所言，他給他太多的寬容，也讓他習慣了這種縱容，不必承諾不必明說，既然只要給他一個模稜兩可的回答，他就會聽話地待在他身邊，那他又何必那麼笨去定義兩人的關係呢？

模稜兩可，進可攻，退可守，情動之時無論多麼纏綿，過後仍是一句「不捨得你也不捨得道」就可以打發他，蘇星南啊蘇星南，這世界上還有比你更好對付的男人嗎？

許三清並不知道蘇星南垂著眼睛喝醒酒湯的一點兒時間裡，思緒已經轉了好幾個彎，徑直說著自己的話：「你休息夠了，我們就開水鏡找你小姨的墳地吧。無論你最後願不願意跟我一起離開京城，這都是我最後能幫你做的事情了。」

「……離京之事，我還要再考慮一下，但無論如何，我希望你能等我到最後一刻。」蘇星南揉揉眉心，「我梳洗一下，準備開水鏡吧。」

「好。」

各懷心事的兩人稍後在內堂裡開了水鏡，但看水中景象，卻不像是一處墳地，卻是一處雅致樸實的小院，至少是個小康之家。

蘇星南詫異問道：「師父，你確定沒搞錯？」

「不會錯的，柏葉沒有沉下去，這裡一定是小姨的埋骨之地。可是為什麼它會變成院子，就……」

蘇家好歹算是半個皇親國戚，誰敢那麼大膽霸占蘇家人的墳地建樓蓋房？實在大不合常理。

蘇星南皺眉道：「……能看出來是什麼地方嗎？」

「可以，從這裡過去大概五里路，西南……呃，你跟著我走就是了。」說了方向蘇星南也是不知道的，於是許三清便直接跳過，「我們要去看看嗎？」

「當然要！」蘇星南斬釘截鐵，拳頭攥得死實，他憋著一腔生不能供養送終，死不知何處祭拜的懊惱，卻仍要理智地控制自己，告訴自己也許事情並沒有他想像的那麼黑暗。手背青筋突出，跳動著的都是壓抑。

許三清握住他的手：「我知道你很難過，你難過就哭、就喊。全世界都要你理智冷靜，但到師父這裡來你就可以撒野，你是師父的心肝寶貝……」

「我沒事。」蘇星南卻是快速地抽出手來，轉身往門外走去，「我叫人備轎子，距離這裡西南大概五里路的一個院子，我會告訴轎夫的。」

許三清愣在原地：「你不用我跟著去嗎？」

「當然要啊，所以我叫人準備兩頂轎子去。」蘇星南回頭對他笑笑，「師父你稍等，轎子好了我叫你。」

「我……」

許三清剛想說不必坐轎子走著去就好，但蘇星南已經快步走出了內堂，消失在轉角處了。

未幾，轎子準備妥當，兩人便往那地方出發，蘇星南一路上挑著轎簾觀察是否水鏡裡指示的院子，慢慢竟走到了城南最末一個街坊，在最裡頭的一個角落，才找到了那個院子。

院子比在水鏡裡看到的要更小一些，外觀尚算新淨，建起來的時間應該不會很久，兩人下了轎，走到院子門前，沒看見什麼牌匾。

蘇星南敲門：「請問有人在家嗎？」

好一會才有人來開門，是個跛腳的中年男人，三角眼，倒八字眉，好像隨時會吐一口黑氣出來似的陰鬱：「什麼人，找誰？」

「呃……」蘇星南看此人粗衣麻布，應該不是院子主人，便把腰牌亮了出來，「我是大理寺少卿蘇星南，要問你家主人一些事情，請你代為通傳。」

門是開了，但那僕人的語氣卻十分不善：「老爺出去了，你們愛等不等，我不知道他什麼時候回來。」

許三清掃了他兩眼，搖搖頭別過臉去，蘇星南見他不懼大理寺之名，甚是詫異：「公務在身，可否讓家僕前去通傳？」

「大理寺？大理寺算個屁，我老爺不能回來的話，誰去都不能讓他回來。」

那僕人嗤笑一聲，一撅一拐地往裡頭大廳走，蘇星南跟許三清無奈跟上，許三清展開笑容，說：「大叔你別誤會，我們不是要找你老爺麻煩，只是……」

「連我家老爺都不認識，你們的官也沒大到哪裡去。」那僕人推開大廳門，朝椅子指了指，「你們要等便等，不等就自己走人，把門關好。」說罷竟然是轉身要走的架勢，蘇星南連忙作個揖把他攔下。

「老大哥，能否指教貴府老爺高姓大名？」

「哼！」也許是蘇星南語氣客氣了很多，那僕人口氣也緩和了些，雖然還是百般不情願，但也停下腳步來說話了，「我家老爺是太醫院首席太醫方籬燕大夫，進宮去給皇帝太子公主們看病，你們說是不是誰來了都不夠重要，不必讓他回來？」

蘇星南吃了一驚：「原來是方太醫府上！失禮了，真沒想到方太醫雖是太醫院首座，府中卻如此簡樸，實在讓在下敬佩。」

蘇星南給方籬燕說的好話起了效果，那僕人的臉色越發好看了：「老爺懸壺濟世並不是為了富貴榮華，這院子是他剛到京城的時候住的，即使後來發跡了，也一直住了下來，才不是那些一朝得志就到處炫耀的人。」

「老大哥，聽起來你跟這方太醫很多年了啊？」

「也就三年多，不過我這條老命是老爺救的，雖然他一分錢診金不收，但我福德是有骨氣的，就留下來服侍老爺了。」自稱福德的跛腳僕人拿起桌子上的茶壺，「你們坐，我去泡茶。」

「那麻煩你了，福德大哥。」

蘇星南一邊道謝一邊拉許三清坐下，許三清目瞪口呆：「你什麼時候學得這麼自來熟？」

「嗯？沒有啊，我在模仿上官昧而已。」

「……喔。」

福德給他們泡了一壺茶以後就躲到廚房裡做飯了，許三清說不必麻煩他們，問過話便走，結果被福德白了一眼：「誰說要做給你們吃，老爺差不多該回來了，我做飯給他吃。」

「你不是說不知道他什麼時候回來？」

「現在知道了不行嗎？」

福德哼哼著拖著腳步走遠，許三清呆站在客廳裡，生氣也不是，安靜也不是，憋著一肚子火回頭對蘇星南嚷嚷：「怎麼會有這麼沒禮貌的人！」

「比他更傲慢無禮，更野蠻霸道的人你應該都見過啊，為什麼要跟他一個下人置氣？」蘇星南讓他坐下，給他倒茶，「而且他也只是因為忠心，才對我們這些來找他主人麻煩的人心存不滿罷了。」

「他家主人是什麼來頭？他說得好像很厲害？」

「方籬燕，方太醫是現在太醫院的首座太醫，三十多歲，在這個位置而言算得上是十分年輕的，大概四年前到太醫院去供職，很快便升上首座的位置了。上次邪丹案，也多虧他幫忙才把事情弄清楚了。」蘇星南一邊解釋，許三清卻一邊直著眼睛盯著前院看，蘇星南在他眼前晃晃手，「師父，你怎麼了？」

「星南，你覺得這院子是不是有點眼熟？」

「啊？剛剛在水鏡看見過，當然眼熟了。」

「不是，我是說，這院子的情況，好像、好像楊家那個草木不生的院子。」許三清皺著眉頭走到前院去，環顧一下庭院，時已初秋，院子裡的樹木都已經開始凋零。

不對，不是凋零，若是草木凋零，那地上該有落葉殘枝，但此時地上十分乾淨，哪怕是剛剛福德打掃過，草木都是光禿禿的，枯萎的也未免太快了。

這情況，應該說是，這裡的草木，從來就沒有生發過。

「又是一處陰陽不通的宅子？」蘇星南皺起眉頭來，「這院子看起來也就建了十年左右，那時候大家建房子之前都要問一問風水先生意見的，怎麼也？」

許三清搖頭：「楊家不也一樣是多年前建的嗎？陰陽之氣是會變動的，楊家大宅的風水本是極好，但楊宇命格是大富之命，他一出生，宅子裡便陽氣過剩了，乘著風水寶地，就更加陽盛陰衰。此處應該也是遭遇了一些變故吧。」

蘇星南正想問可能是什麼變故，眼角餘光瞥見門廊裡轉出一個身量頎長的男人，馬上轉過身去向那人問好：「方太醫，冒昧打擾了。」

「咦？蘇大人？」方籬燕身穿官服，背著藥箱，看見蘇星南的時候非常詫異，「何事大駕光臨寒舍？」

「此事說來有點複雜……」

「那請先到客廳稍候，我去換套衣服便來。唉，福德真是的，家裡來了客人也不叫人通知我。」方籬燕跟蘇星南寒暄幾句，便轉入後院廂房了。

蘇星南回頭，發現許三清仍是那副皺眉深思的樣子，便拍拍他的肩膀道：「方太醫回來了，我們有什麼不明白的就問他好了，不過我們得把問題變一下，陰陽道法的話是絕對不能說的。」

「嗯，我明白。」許三清抬頭盯著蘇星南的眼睛道，「你不覺得跟他站一起很有壓迫感嗎？」

「啊？」蘇星南一愣，「你是說身高？」

「不是，是氣勢。就像看到楊宇會覺得熱絡，看到蘭一會覺得冷傲，看到上官大人會覺得輕鬆，你不覺得他身上有一種壓迫感嗎？」許三清說著，伸手摸向蘇星南的眼睛，「你眼睛的顏色好像變了一點。」

「啊？」

「從前你的眼睛迎著陽光看是很深很深，深得近乎黑色的紫，但現在看起來紫色越來越純正了，你自己沒發現嗎？」

許三清的手指溫軟綿滑，唯有掌心有握劍練功留下的薄繭，蘇星南睫毛顫了幾下，拉下他的手：「我大男人一個，怎麼會留意自己的皮相呢？」

「可能是那次靈氣損耗過度了，你以後都不要再隨意動用法力了。」

「你什麼意思？」

「沒什麼。」許三清把他推開了幾步，「我要開一下天眼，你去給我把風吧。」

「開天眼？這裡有什麼要看？」

「就是不知道有什麼，才要看。」許三清道，「你不想知道小姨到底在哪裡嗎？」

被許三清的觸碰帶偏了一點的思緒終於回復正軌，蘇星南乾咳兩聲，跑到客廳與後院相接的門廊去把風了。

一會，換了常服的方籬燕出來了。他捧著一個托盤，托盤上有些點心，朝蘇星南兩人道：「寒舍沒什麼果品，這是剛剛太子賞賜的糕點，方某借花敬佛了。」

「勞煩了。」

第三十章

三人落座，方籬燕本以為許三清是蘇星南的跟班便沒理會他，但見他此時一同坐下，便問道：「這位是？」

「這位是許三清公子，我的朋友，這次來是陪我問清楚一些私事的。」蘇星南看看許三清，後者垂著眼睛，看來並無交談的打算，便掠過寒暄，直入主題了。

「私事？」方籬燕一愣，「我還以為是大理寺的公務？」

「實不相瞞，多年前我一位女眷長輩去世了，根據記錄，此處應該是她的墓地，我多年不曾祭拜，今年想祭拜一下，卻發現此處成了一個院子，因此非常驚訝，便公器私用，藉著大理寺的名義，想查探講究了。」蘇星南十分坦白，他一邊說一邊留意著方籬燕的臉色變化，對方聽到這裡，眉頭緊緊皺到了一塊，「方太醫，我知道此事十分離奇，所以才會想知道更詳細的資訊。請問你是什麼時候入住這個院子的？」

方籬燕皺著眉頭回憶了一下：「我是四年前隨太醫院考生一同上京考試的，路上我偶然遇到一個人發病，便救了他，那人是現在的京府尹大人，他感激我的救命之恩，在我考上太醫後，府尹大人為我說情，讓郡王爺以很便宜的租金把這裡租給我住了。但這房子到底建了多久，以前住的什麼人，我也不清楚。」

「我父親把這裡租給你？」蘇星南不知道自己該覺得出乎意料還是意料之中了。

這裡既然是小姨的墳地，自然是郡王府的屬地，但既然是小姨的墳地，那為什麼要在上頭建一個院子，還租給別人住呢？

「這裡是郡王府的屬地啊。」方籬燕見蘇星南如此反問，有些意外，「蘇大人對自己家中的財產真如傳說那麼漠不關心啊。」

蘇星泰從小嫉妒蘇星南聰明博學，對他頗多猜忌，深怕自己世襲不到郡王的封號。蘇星南志不在此，便乾脆什麼都不管，本來是頗為高風亮節的做法，此時被方籬燕一說，蘇星南反而有點不好意思了。

「有大哥當家，我很放心，家裡的事情就不過問了。」

「方先生……」一直低著頭的許三清忽然道，「能不能借我一把鏟子？」

「什麼？」方籬燕一瞬以為自己聽錯。

「方先生，也許這麼做會讓你有點不自在，但我能證明這裡的確是蘇星南的那位親屬的……曾經的墳地。」

「你的意思是，現在這院子裡就埋著骸骨？」方籬燕有點驚訝，「就算此處曾經是墳地，但，那既然是郡王府的女眷，也應該把骸骨遷移了才……」

「所以我說你可能會覺得不自在，但，她的確在。」

蘇星南知道許三清這麼說是因為開了天眼，應該是看到了什麼氣，便也跟著勸說：「方太醫，這位許公子是、是研究陵墓結構的，他既然看出有不對，還請你多多包涵，讓他一試。若是他搞錯了，蘇星南在天香樓宴請十席向你請罪賠禮！」

方籬燕連忙擺手：「有什麼需要賠罪的呢，不過是隨便挖挖，只要不是拆了這房子……唉，這本來就是你蘇家的房產，你要拆了便拆了吧。」

蘇星南見他說笑，便知道他是真的不介意，於是兩人說了些客氣話，便去尋福德要了工具，在房子周圍打起轉來。

蘇星南靈氣耗損嚴重，不敢強開天眼，只能跟在許三清身後，只見他口中念念有詞，低頭循著地氣走勢行走，時而筆直向前，時而蛇形盤繞。

福德在一旁提著鏟子絮絮叨叨：「這小先生好像、好像那些給人看風水的先生啊！老爺，你看這……」

「陵墓構造一直與風水學說有些牽連，不可擅自猜測。」方籬燕打住福德的話，「總之他們只是在這裡隨便挖挖罷了。」

「是，老爺。」

「在這！」許三清忽然喊了一聲，蘇星南不等福德上來幫忙便揮起鏟子挖了起來，待福德上來，兩人一起挖了半天，卻還是只有灰白的泥土。

「許公子，你真的沒搞錯？」福德累得汗流浹背，喘著氣問，「再挖下去，是要挖口井出來了！」

「是這裡。」許三清蹲下身子摸了摸那些挖出來的泥土，平常土壤，越往下應該越濕潤，顏色也會從淺變深，但這坑都挖了一人深了，泥土卻還是灰白色的，也乾燥得很，必定是被死者的怨氣攫取了所有的濕氣，「繼續挖，小心一點，不要把骸骨弄壞了。」

「福德大哥，你上去歇一會吧。」蘇星南也累，但一想到小姨就在這裡，便不願有一絲停歇，他把福德勸上去休息，自己在坑底繼續挖。

方籬燕把灰頭土臉裡的福德拉上來，忽然也皺了眉：「這泥土不太對勁啊。」

約莫又過了小半炷香時間，蘇星南手底下「喀嚓」一聲，他連忙大喊：「有東西！」

「別用鏟子，用手！」許三清聞言，趴在坑邊往張望。

「嗯！」蘇星南扔了鏟子，赤手抹刮起泥土來，不多會，卻挖出一個半尺長的青玉骨灰匣，「咦？怎麼是骨灰？我記得小姨沒有火化啊。」

「你先上來再說。」

許三清把他拉出來，蘇星南也顧不上抹臉上塵土，便急忙把骨灰匣遞給許三清：「你看看是不是？」

「我又不會透視眼，怎麼知道呢。」許三清掏出手帕踮起腳尖來給他擦臉，蘇星南一愣，未及閃躲就聽見許三清在他耳邊小聲道，「此處不可久留，先回家。」

蘇星南皺了皺眉，心想許三清大概是忌諱被別人聽出他是道士，便點點頭，接了手帕擦乾淨臉，就向方籬燕拱手道：「多謝方太醫包涵，我馬上去雇工人給你把院子重新整理好。」

方籬燕搖頭：「不必不必，不就把坑填回去嘛，說不上什麼整理，倒是這個匣子……請恕方某才疏學淺，我好像沒見過火葬跟土葬一併使用的葬禮儀式啊？」

許三清把那青玉匣子往身後藏了藏：「死人的東西就不要多看了。可能是一些偏遠地區的習俗吧。謝謝你了方先生，我們想先回去了。」

「你不給我們把坑填回去？」福德嚷嚷開了，「哼，蘇大人，好大的官架子！」

蘇星南連忙搖頭：「我這就去雇人來。」

「福德，不許無禮！」方籬燕把福德喝到後面去，「蘇大人一定急於解開這匣子的玄機，此處我自行收拾則可，蘇大人請自便吧。」

「多謝太醫包涵。」蘇星南作個揖，便跟許三清一起離開了。

許三清只顧抱著匣子快步往回走，連轎子都沒顧得上，蘇星南追上他：「師父，你怎麼了？為何那麼忌憚方太醫？」

「大惡之人。」許三清猛抬頭，一把捉住他手腕道，「一個大活人，卻一身都是黑氣，你以後一定要離他遠遠的！」

「啊？」蘇星南詫異，「善惡真能從氣上看出來？」

「怎麼不能，十善為仙，十惡為鬼，你剛才沒開天眼所以看不到而已，那滿園生氣都是被他的惡鬼之氣給壓制住的，福德也是那副病怏怏的樣子。」許三清抱緊那青玉骨灰匣，「這匣子也不平常，我們回去再說。」

「嗯……」蘇星南見許三清神情凝重，便不再說話，跟著他快步回家，兩人回到府中，進了書房，許三清才打開書櫃把他那寶貝布包翻了出來，拿出一本《獸譜圖》，攤開來與那青玉骨灰匣上的紋理一一對比。

「你要找什麼？」蘇星南過目不忘，可他並不記得有見過類似的紋理。

「真的沒有。」許三清搖搖頭合上書，「一直以來用來守墓鎮靈的不外乎靈獸或凶獸，但這骨灰匣上都不是，那這些紋理是什麼圖案呢？」

蘇星南道：「會不會只是一些裝飾的紋理？」

「不會的，喪葬用品，哪怕是一朵雲也要叫祥雲，一道曲折也要叫雷紋，哪裡會有單純的裝飾？」許三清抬頭看看蘇星南，「你介意我打開這骨灰匣嗎？」

「這……」死者為大，打擾亡者骨灰實屬大不敬，但蘇星南只是沉吟一下就答應了，「事已至此，沒有比查出小姨為何死後都不得安寧更重要的事情了，打開來一看究竟吧。」

「嗯。那你去把門窗都關好，把困靈符貼上，免得衝出什麼東西來，讓它跑了。」

許三清從布包裡掏出一遝黃符塞給蘇星南，蘇星南快速關上門窗貼好結界符，便跑回來站到許三清身邊：「要不我來開？」

「沒事的，我沒看到什麼氣，只是以防萬一。」許三清朝他做了一個安心的笑，便把骨灰匣平放在案上，小心翼翼地挑開匣子的封符，深呼吸一口氣，啪的打開來。

並沒有什麼詭異的事情發生，裡頭只是一層厚厚的淡黃灰白的骨灰。但，骨灰中間躺著一支古銅色髮簪，髮簪樣式古樸，不似當朝之物，色澤卻十分亮麗，隱約透出黑亮的閃光。

許三清眼睛驀地瞪大，後退兩步撞倒了椅子上，啪的一下幾乎翻倒過去，蘇星南眼明手快，一把撈住他的腰把他扶住：「師父？」

「散、散魂簪！」許三清半張著嘴半天才說出話來，「怎麼會，這、這個應該跟我們門派的鎮魂鈴是一對的，怎麼會在這裡？」

「什麼意思？」蘇星南讓他坐下，「鎮魂鈴，就是你一直說的我們遺失的門派寶物吧，可怎麼突然多了一個散魂簪？」

「我也只是聽師父說起過。師父說，每個山頭總有那麼一兩件寶貝是可以用來鎮教的，然後歷代掌門都會努力去找更多的寶貝來分給得意門生。而我們這一脈，到我師父那一輩，有兩件同一等級，但法力相反的寶貝流傳下來。一件是我師父得到的鎮魂鈴，三界六道的靈體，只要一聽到鈴聲，魂魄立刻歸位，不會脫離肉身，是專門治離魂或者沖身的。但另一件散魂簪，卻是專門把靈體打散，不能重歸肉身，是專門煉荒魂或者制服凶獸的。」

許三清皺著眉頭看蘇星南，蘇星南聽到這處，也已經一臉煞白：「小姨她……」

「魂魄散離，不得聚合，一成荒魂，永不超生。」蘇星南雙手微顫，從匣子拿起那支簪子，「小姨，到底是什麼人，竟然對妳施此毒手……」

「星南，我陪你回家一起問明白吧。」許三清搭住他的手，「這裡頭一定有什麼內情！」

蘇星南慘澹一笑：「你以為他會輕易告訴我內情嗎？他大可以說我找錯了地方，人已經成了一捧骨灰，又憑什麼說她是小姨呢？」

「也許真的不是小姨啊。」許三清轉轉眼睛，「我們去找詠真。」

「他能破這散魂簪？」

「我不知道，但我曾聽他說過，他能讓散離的魂魄重新聚合，如果他能把這簪子打散的魂魄重新聚合，我們就可以把魂魄招出來。起碼、起碼能知道這個是不是小姨。」許三清道，「我現在跟你一樣心思亂七八糟，但我們亂了也沒有用，只能循著線索走下去，本來我想等到你答應陪我離開才對你說鎮魂鈴的事情，但現在，恐怕不行了。」

「……鎮魂鈴是怎麼遺失的？」蘇星南揉了揉額角，「師公那麼厲害，怎麼會丟了鎮派之寶呢？」

「那是我十二歲時的事情，有一天，師父忽然說他要出一趟遠門，讓我在鎮子上等著他回來。結果他一個月之後回來，鬚髮皆白，神形枯槁，不僅失落了鎮魂鈴，一身修為也似乎全數被掏空，過不了幾天，他就油盡燈枯。他離開前跟我說，一定要把鎮魂鈴找回來，要不天下必然大亂，但是他也不知道那個搶了鎮魂鈴的人去向何方，也就無法告知我了。」

許三清說出了多年以來的疑惑，接著又道：「我以為那人奪了鎮魂鈴，不久就會聲名鵲起，成為一方宗師，卻不想翌年朝廷開始不讓道教傳教，我反而什麼消息都打聽不到了。現在，既然找到這散魂簪，我想大概也會有一些鎮魂鈴的消息的。」

「師公有說過，這散魂簪是哪位傳人得到的嗎？」

許三清搖頭：「我師父的師父，也就是你太師父，他收徒弟十分隨意，聽說是路過一處看人家順眼便收了，師父自己也不知道自己有多少個師兄弟。」

蘇星南腹誹，你們這收徒弟的習慣倒是傳承得挺好的：「那事不宜遲，我們去找詠真先生吧。」

「呃，要不要叫上上官大人？」

「咦？為什麼要叫他？」

「因為有上官大人在，詠真就只會為難他，不會為難我們了啊！」

「……你這算是死道友不死貧道嗎？」

第三十一章

如此這般，上官昧便被捉著一起去了雲壇。

自從上官昧跟詠真攤了牌，他就沒再見過詠真，也沒有再到風月場所去，他不死心眼，他承認自己對詠真有情，但如果對方對他的好感只是因為等某個人的期間，寂寞了想找個人陪，那他也犯不著倒貼。

所以哪怕詠真就坐在他對面，他也依舊能平心靜氣地喝茶，一點都不把詠真那陰晴不定的臉色放在眼裡：「別瞪我，我只是來當陪客的。」

「沒見過當陪客的這樣癱著一張臉的，要不要我教教你怎麼樣才是真的陪客啊？」

詠真長袖一甩就往上官昧脖子上繞，許三清深怕他們打架壞了正事，便一道黃符祭出截住了詠真的袖子：「你們待會再拌嘴，詠真先生，你看看這物件，還能夠把打散的魂魄聚合起來嗎？」

詠真瞥過眼去瞄了瞄那散魂簪：「可以試試，但說不准。」

「無論結果如何，蘇星南都謝過詠真前輩。」

詠真朝蘇星南嘖嘖地吧唧一下嘴：「你也就求我辦事的時候，才會一口一個前輩那麼好聽。」說罷，便以更不屑地語氣朝上官昧道，「你就是來求我辦事，都不捨得把話說得好聽點。」

上官昧聳聳肩，不以為意。

「替我找個符合水五金三格局的山頭，不過要快，這匣子離了本來的地方，散離作用更強大，三天過後恐怕就連一點魂魄之力都找不到了。」

「我知道這樣的地方！」平日蘇星南辦案，許三清一人到處跑，早就把京城附近的地方都摸清楚了，「就在城東郊外，現在出發，我們還趕得上在子時到達！」

「現在出城，子時過後就進不來城了啊。」京城重地，哪怕是朝廷命官，要在門禁後出入城門也得特殊手令才能放行的，上官昧看看蘇星南，「你只讓我來作說客，現在他答應了，我就沒必要跟著你們露宿荒野了吧。」

「不行，你一定得跟著。」詠真瞥他一眼，冷哼道。

「為什麼？」

「聚魂之時，三清作陣眼，蘇星南問事，我主持，總得有個望風的吧？」詠真說著，不知道從哪裡變成一個大包袱，「嗖」的一下扔到上官昧懷裡，「提著，少了一件東西就唯你是問。」

「什麼？」上官昧翻看一下那個包袱，全是些經幡符咒，想必是待會要用到的東西，他哭笑不得地向蘇星南道，「我這陪客不光要花嘴皮，還要花力氣啊？」

蘇星南也看出來詠真在故意殺上官昧威風，便湊到他身邊低聲賠罪：「就這一次，委屈你了，以後我一定報答。」

「呿，誰要你報答。」上官昧把那包袱往肩上一甩，站起來伸個懶腰，「走啦，再晚就連城門都出不去囉。」

城郊一處野山頭，月色正清亮，趕路而來的四人都不必打火把跟燈籠，已經能看清腳下的路了。

此等好天氣，對於純粹的趕路人來說是好事，但現在除了不懂術法的上官昧，三人的臉色都不太好看。

月色明亮，陰氣大盛，雖說是要聚合魂魄，跟招魂的原理差不多，但陰氣越盛，乘機作亂的東西就越容易騷動，反而不妙。

「三清，到陣眼裡去。蘇星南，披著這個。」詠真把一件像披風一樣東西扔到蘇星南身上，黃色的符紙一樣的顏色，上面密密麻麻都是咒文，「散魂簪驅散過的魂魄，即使附身到人身上，也不是每個人都能聽見他說話的，你披著它，應該能聽見。」

「好。」蘇星南不太放心地看著許三清走進陣眼，上次他招魂時被生魂沖身的情境還歷歷在目，他有點擔心再生什麼意外，「要不，我跟三清換過來？」

詠真搖頭：「你術法修行不如三清，而且陽氣太盛，又有官威在身，荒魂要附身於你很難。」

「可是……」

「星南，這次一定不會搞錯的。」許三清朝他笑笑，「我也不是每次都那麼靠不住的。」

詠真對他們這跟生離死別似的場景翻個白眼：「你們要是那麼信不過我，幹嘛找我幫忙呢？」

「沒沒沒，我們對你可是一百二十萬個相信！」許三清想要是連這萬狐一彪也靠不住，他就只剩下一頭撞死到地府去找他師父的方法了，「詠真先生，請你開始吧。」

詠真瞥了一眼站在後頭發呆的上官昧：「你，到後面林子裡去。」

「咦？不是讓我望風嗎？」上官昧詫異。

「道門術法，怎能讓你一個外人窺視！」詠真柳眉倒豎，「到後面林子守著，別人任何人過來！」

「是是是，屬下遵命。」上官昧無奈地聳聳肩，轉過身去就往林子裡鑽。

其實這荒郊野嶺，三更半夜的，哪裡會有什麼人路過呢，他知道詠真就是對他不滿，所以處處跟他嗆聲罷了。

不過這樣也好，一向不顧禮義廉恥，什麼都不放在心上的詠真，也會心胸狹隘地和他斤斤計較，那證明他在他心裡也不是全無分量的。

只不知道這分量到底有多重，是不是能比那個他一直在等待的人更珍貴一些呢？

雖然只是初秋，但林子裡的落葉已經鋪了好厚一層，隨便一個動作便喀嚓作響，為免自己疑心生暗鬼，上官昧便乾脆尋了塊大石頭，爬上去盤腿坐著。

四周一片靜寂，不知道那所謂的聚魂招魂，是不是真的那麼厲害？

那邊上官昧強忍著八卦的好奇心把風，這邊詠真他們已經開始了聚魂之法。

詠真本非人類，卻修道法，真氣運動之時，金色的妖印跟蔚藍的道印一同發出耀目的亮光，臉上爬滿了紅色的咒文，既覺得道法威儀，卻又陰森冰冷，讓人毛骨悚然。

並不知道詠真身分的蘇星南初時頗為驚訝，但他忽然看見了一小縷一小縷如煙似霧的白氣緩緩圍聚在許三清身邊，潤和緩慢的節奏全然不似那次招魂的凶猛，而且帶著一股無法言表的親切感，他便知道小姨真的回來了，當下收斂心神，作結手印，也念起了定魂聚神的口訣來。

那絲絲縷縷綿綿密密的白氣逐漸把許三清整個包圍了起來，但陣眼之中的許三清卻沒有一點難受的表情，他一臉平靜，結著手印的雙手也十分放鬆，只聽他呢呢喃喃地把引魂咒念了出來，那白氣倏然收緊，像一床被單一樣把他裹了起來，然後，竟慢慢沁進了他體內！

許三清慢慢張開眼睛，眼神溫柔如水，蘇星南往前一步，撲通一下便跪了下去：「小姨，星南不孝，現在才來看妳！」

「你是星南？」許三清，應該說是附身在許三清身上的蘇千紅說話了，儘管語音仍是許三清的，但那溫婉文雅的語氣，絕對不是許三清能裝出來哄騙他的，「快快抬頭來，讓小姨看看！」

「蘇星南！」

幾枚狐毛針「鏘」的釘在蘇星南腳邊，阻止了他上前觸碰許三清的舉動，詠真皺著眉頭道：「你不是為了敘舊才來找你小姨的魂魄的，三清的身體也支持不了多久，你有話快問，不要在這種時候念親恩！」

蘇千紅皺著眉頭看了看這個陌生人，卻也從他身上特殊的氣息感覺到他是自己能重見至親的緊要人物，便溫和地欠了欠身：「多謝先生提醒。星南，你這些年過得如何？你父親可有待薄了你？」

蘇星南眉頭一皺：「你們果然有事瞞著我，對不對？」

「傻孩子，你說什麼呢？」

「妳一見我，不問我可有娶妻生子，不問我可有考取功名，卻問父親是否待薄了我，加上小姨妳這遭遇，妳叫星南怎麼相信你們沒有什麼事情瞞著我呢？」蘇星南揉了揉這些天來一直發痛的額角，「小姨，我不再是小孩子了，妳就跟我說真話吧！是什麼人要這樣對妳，不僅讓妳死無全屍，還要用著惡毒的方法讓妳魂魄離散，不得超生？」

「我去看看上官昧怎麼樣。」詠真適時開口，迴避了這些場面，他對這塵世裡的是非對錯恩怨情仇本無牽念，不過是看在許三清一點同道之情才幫忙的，要是聽了什麼祕密，他再想撒手也沒有立場了。

詠真一眨眼便消失在林子裡了，蘇千紅嘆口氣，憐惜又心疼地蘇星南說道：「你真的長大了，你一向聰明，小姨就知道不能瞞過你的。」

「到底是怎麼回事？」蘇星南也跟著嘆氣，他也想問問題，但千頭萬緒，他不知道該從哪裡開始問起。

「星南，你老實告訴小姨，你有沒有怨恨過對蘇承逸？」

聽蘇千紅對父親直呼其名，蘇星南愣了一下，然後才搖頭：「也許在年少的時候曾經惱怒過他對我不聞不問，但那絕對不是恨，只是對得不到他的關愛而心懷不忿而已，後來長大了，就沒怎麼想過了。」

「星南，不必擔心自己懷有這種想法是大逆不道，因為，他根本不是你親生父親！」蘇千紅咬牙切齒，「當年小姐隨他進宮飲宴，不想被宮中醉酒的登徒子弟姦汙了，他拉不下面子，不願意把事情鬧大，不光沒有還小姐一個公道，還責怪小姐不守婦道。後來知道小姐因奸成孕，就逼迫她吃那些丹藥，想要把你打掉。但是你很爭氣，西藏紅花都沒把你打掉，雖然小姐離開了，可你長得跟小姐那麼像，聰明伶俐，貼心乖巧，我發誓一定要一直守著你，我擔心他會對你不好……」

蘇星南聽到這番話，竟然沒有很大的觸動，他甚至有一種多年以來的猜測終於成了真的虛無感，他掐了掐自己的手掌，掐到一道鮮紅的血痕都出來了，才無奈地苦笑了一下。

「呵，難怪我小時候哭鬧著跟妳吵不喜歡這個爹爹的時候，妳也從來不打我罵我。他真的因此懷恨在心，請了高人對妳使了那散魂簪？」

蘇千紅卻搖了搖頭：「此事我倒不記得了。我離開後便已無知無覺，只覺得自己被困在什麼地方無法離開，日子久遠了，便變得十分暴戾狂躁，有時候可以猛然離開一下，卻又記不得自己離開時做了什麼事情，到恢復知覺時，又回到了那囚困我的地方。你所說的散魂簪，反而讓我解脫了這種狀況呢！」

蘇星南訝異：「這簪子是後來才放進去的？」

「是，我記得那時候有人起了我屍骨，把我火化了，然後和著這簪子一同安葬，從那時候起，我又變得平和了，再也不會有那種狂亂煩躁得失去理智的時候，要不，你今天所看到的小姨，應該就是一個可怕的女鬼了。」蘇千紅感嘆道，「我估計是有雲遊高人看出我被孽火折磨，所以才來解救我，讓我不至於成為惡鬼吧？」

「解救嗎？」蘇星南一時無法評判了，散魂簪讓蘇千紅的怨氣散去了，不會成為害人的厲鬼，卻也讓她成為了荒魂，從此無法輪迴，只能在塵世飄蕩，直到魂魄之力耗盡，灰飛湮滅，到底這樣算是解救了她，還是害了她呢，「小姨，娘有跟妳說過是誰侮辱了她，讓她含冤莫白的嗎？」

蘇千紅的臉色一瞬陰沉了下來：「這事小姐只跟蘇承逸說過，但我多少也猜到……咦？」

「小姨？」

詠真拂了拂頭髮，遮住脖子上的妖印，才慢慢往林子裡走去，但沒走幾步，便忍不住扶著一棵樹彎腰喘氣。

可惡，雖然他明知道自己最近都沒怎麼做過，還耗了不少元氣給人聚魂，但也不該辛苦成這個樣子啊。

詠真摸了摸臉，又看了看手，皮膚仍然很光滑，體味依舊很誘人，還沒有到天劫的時候，也沒有天人五衰，沒事的，只是有點累，不要這樣嚇唬自己。

或者，他只是該找個人來補充下耗損的精氣。

就像餓了的老虎想吃肉，餓了的狐狸精也會想交歡，可自從上官昧跟他說了那什麼賠本不賠本以後，詠真便沒了吃飯的心情。平常倒無所謂，只當辟穀，但現在消耗嚴重了，想開葷的衝動便像洶湧的潮水，猛烈衝擊著脆弱的堤壩。

詠真的鼻子聳動了幾下，聞到了一碗香噴噴的紅燒肉。

紅燒肉，不，上官昧此時正盤腿坐著一塊大石頭上。

詠真愣了一下。

清風朗月下，懶散隨意的青年，背對他坐著，唯有髮絲飄飛，勾留著漫不經心的情意。他抬頭看著天空中那輪清亮得嚇人的月亮，瞇著眼睛不知道在想什麼，嘴角彎著一個笑還是不笑的微妙弧度，兩手撐在身後，指尖很有興致地拍著什麼節奏。

沒有選擇了。

詠真腳尖點點地，「嗖」的一下飛撲了過去。

上官昧驟聽身後一陣破風聲，連忙轉身招架，卻不想被一個修長的人兒撲了過來，發情般地亂啃了起來，待他看清是詠真時，兩人已經滾下了大石頭，喀嚓喀嚓地壓碎了一地黃葉。

「你發什麼瘋！」上官昧用力推開想要脫他褲子的詠真，哭笑不得地想扇他兩個耳光，「我可沒打算出這個力！」

「你不出力也成，你就躺著，我自己來。」詠真自己也覺得可怕，自從修道以來他就沒試過如此強烈的欲望，他光是看見上官昧就想把他吃掉，現在更是毫無尊嚴地直接趴在他胯間就嗅弄了起來，「給我，我想要、我想要、我想要！」

「行啊！」上官昧卻一把提著他的肩把他揪上來，卡著他下巴逼他正對自己的眼睛，「說你不等他了，說你一輩子就只有我，我馬上幹暈你！」

詠真頭都要裂開了：「你煩不煩！」

「我就是這麼煩，要麼你別要，要麼就給我一句話！」上官昧理智得近乎無情，他不知道為什麼詠真忽然獸性大發，但他知道要讓他低頭的話，現在也許是唯一的機會了。

詠真那雙狹長的狐狸眼漫起水氣，他扁起嘴來，嗚咽一般說道：「我沒有跟別人做過了，自從你跟我說了那些話，我就再看不上別的人了。」

「……不是這一句。」

「我想著你，我整天都在想著你，我不知道為什麼，一看見你就覺得你很好玩，總是忍不住去逗弄你，可是你生氣了，我又拉不下面子去哄你。」

「不是這一句！」

「上官昧，我現在想要你！」詠真嗚嗚地哭了起來，雙手揪著他的衣衫，像小孩子要糖果一樣拉扯著，「你可不可以不要你那些尊嚴跟面子，你可不可以只是好好地抱抱我，只是現在，只是現在就好了！」

「我要的不只是現在！」上官昧大聲地叱喝道，不能心軟，不可以心軟，現在放過他，以後就都降不住他了，「說！就那一句話，你說不說！」

詠真咬著嘴唇不說話了。上官昧的體味像催情散一樣，光是聞著就讓他渾身酥軟腹下發硬。他一向喜歡騎乘，除了快感更強烈，也因為這是獸類爬胯的天性，要不是為了雙修，他是絕不甘心雌伏的。

可他卻要他臣服，從身體到心靈，都只能屬於他一個。

可笑的人類，不過那幾十年壽命，卻一個個要跟我較勁，都要我許一個隨時可以毀約的承諾！

一滴血沁進了詠真嘴角，他竟然咬破了嘴角。哪怕是一個隨時可以毀約的承諾，詠真都不敢輕易允諾。

情、愛、性、慾，明明四字都有心，為何你們偏偏只認愛那一個字呢？

他舔舔唇，放開了上官昧的衣衫，覆上他手，一截截撫過他凌厲的指節，慘澹地笑道：「那你陪我等他，等我見到他了，我就不要他了，以後都陪著你，好不好？」

「……好像能考慮。」上官昧一時理不過這個邏輯，但聽他說可以因為自己而拋棄那個等了好久的人，他又覺得本能地高興。

「可我怕我等不到了。」

詠真忽然哇的吐出一口熱血，雙眼一黑便暈倒了過去，同時在林子那邊亮起了一大片金光，上官昧大驚，一把抱起詠真便往蘇星南那邊跑去。

第三十二章

「不！」

一朵金色的蓮花狀光芒猛然從許三清胸口迸出，貫穿他的身體直沖天際，蘇星南也不知道那是蘇千紅還是許三清受傷，當即把身上披風扯下，兜頭罩住他，那披風上都是固魂定魄的咒文，他直覺這樣擋一下總比什麼都不做好。

那金色光芒被披風阻擋，慢慢黯淡了下去，許三清失去知覺暈倒，蘇星南正要找詠真，卻見上官昧飛快跑了過來，詠真竟然也一樣受了重傷！

「怎麼回事！」上官昧朝蘇星南吼道，「你們不是成竹在胸的嗎？」

「我也不知道啊。」蘇星南抱起許三清，「先讓他們坐一起，披風裹好，別讓魂魄散了！」

上官昧點頭，把詠真抱到許三清身邊，拿那黃符披風一併圍好：「剛才他跟我說著說著話，忽然就吐血了，你這邊發生什麼事了？」

「我這邊也是同樣，小姨附到了三清身上，正跟我說話，忽然胸口綻出了一朵金色的光芒，像蓮花一樣，然後他就暈倒了。」

「我在林子裡也看見了那金光。」上官昧皺眉，「這情形，像不像被人踢館？」

「的確是被破陣了，但這是個大陣，要破自然也要架一個同樣陣勢的才對，可這附近哪裡有人擺設陣勢的樣子？」蘇星南搖頭，「三清跟我說過，學道之人最忌諱把民間傳說跟正統道學混淆，以訛傳訛。」

上官昧嗤笑道：「我又不學道法，反正你現在快給我想辦法把他們救醒過來。」

蘇星南深吸一口氣：「好，我先開天眼觀察。」

上官昧不知道蘇星南這樣做是冒險為之，故未阻撓，蘇星南凝神閉目，開了天眼。

圍繞許三清身體的藍色修真之氣雖然凌亂，卻未見離散跡象，詠真渾身包裹著綿密的金色真氣跟藍色道氣，安詳穩定，也不像凶險之象。

大概只是暈過去了？蘇星南靈力不繼，揉著額角合了天眼，他握著許三清的手，掌心碰掌心地把武學真氣給他渡了一些過去。

許三清沉沉地「唔」的一聲，張開眼睛來，看見蘇星南便馬上問道：「小姨走了？你們話說完了嗎？」

蘇星南擔心地看著許三清：「你什麼都不記得嗎？有沒有哪裡不舒服？」

「我？我沒有不舒服啊，魂魄附身的時候是不會有記憶的……咦？詠真先生，他怎麼了？」許三清這才發現詠真歪在上官昧肩上，自己跟他身上都披著那咒文披風，

「這披風……發生什麼事了？」

「稍後再解釋，蘇星南，先把詠真也弄醒。」對於道術這個完全陌生的領域，上官昧生平第一次手足無措，就連救人也不知道該從何救起，語氣不禁焦急了幾分。

「你渡些功力給他試試？」蘇星南也不確定詠真跟許三清是不是一樣的狀況，「我現在沒有力氣再過真氣給人了。」

「哎，你不早說！」上官昧當即翻轉掌心，抵上詠真後心便把真氣渡了過去，詠真睫毛顫了顫，艱難地睜開眼睛來。

「詠真先生！」

許三清連忙也握著他的手想要給他渡真氣，但詠真搖搖頭，把他的手推開了：「別浪費真氣了。」

上官昧心裡一涼：「什麼意思？」

詠真乾咳兩聲，氣息微弱地說道：「對不起，我沒想到京中竟有如此高手……能破我陣法……蘇大人，你那位小姨，恐怕已經……對不起……」

詠真一向囂張霸道，現在忽然如此虛弱歉疚地認錯，蘇星南也不禁難受了起來：「不，我很感激你詠真先生，小姨能再見到我，一定也不會責怪你的。」

「你們這是幹什麼！」上官昧皺眉，捉過詠真的手腕把探脈息，可這一探，他的臉便刷白了，「不可能……怎麼會這樣……」

「上官大人，收了你的真氣吧，我心脈已毀，你再給我渡真氣也沒用。」詠真輕輕把手搭在上官昧的手背上，「我現在沒力氣跟你鬥嘴了，聽我的吧。」

上官昧這下子愣住了，正打算貼上詠真背脊給他渡真氣的手也停在了中途，改為摟著他的腰把他抱進懷裡：「你一定又在騙我……我不信，你不是法力高強嗎？我不信你就這樣……不可能、不可能！」

「你啊，總以為我在占你便宜，咳咳……」詠真又咳出了兩口鮮血，許三清連忙翻梅花針想要給他刺穴位，還是被詠真擋了，「別折騰了，讓我跟上官大人說完這些話。你啊，就當最後被我占一次便宜，跟我說一句你喜歡我，行不行？」

「不，你要聽我說這句話，就得自己活下去。活到那人來了，跟他清楚了斷了，我就天天說給你聽！」上官昧一邊說，一邊就用那披風把詠真裹了個嚴實，橫抱起他，飛快往城裡走，「我就不信把你當活人來治就不行，我闖也闖到太醫院那裡去！」

「上官昧！」蘇星南大驚，擅闖城門已是不妥，上官昧這是要闖皇城闖禁宮，「你冷靜點！」

「你要麼幫忙要麼讓開！」上官昧回頭瞪了他一眼，腳下也沒停頓，飄渺若仙的輕功眨眼便跑開了百丈遠。

蘇星南顧不上許三清了，只能先追上去：「你就算闖到了禁宮，你憑什麼讓太醫院給他救治！你聽我說，詠真受的傷不是常人能救的，不如先帶他回我府上，起碼有些典籍丹藥可以一試！」

「讓路！」上官昧懶得跟他辯駁，運動真氣大吼一聲，生生震得蘇星南耳膜生痛，蘇星南看說不動他，便想動手。

「蘇星南你不要逼我！」上官昧一腳踢開蘇星南攻過來的一掌，「如果現在是許三清受傷，我絕對不會阻……」

「你會，因為你不會眼睜睜看我去送死，即使被我恨一輩子也會阻止我！」蘇星南重重哼了一聲，「你那九代單傳香火不要了是不是?!」

「關你屁事！」上官昧心裡頓時冰火兩重，熱的是友人寧可被自己記恨一輩子也要保他性命，冷的是這樣的舉動可能真會讓他失去所愛，於是他只能同樣隨心而行，打吧！

就在上官昧準備先把蘇星南放倒的時候，懷裡的詠真忽然打個呵欠，很是誇張地伸了個懶腰：「嘖嘖，真是不乾不脆。」

「詠真？」

上官昧一愣，詠真已經把黃符披風扯開：「嗖」的一下跳下地去了：「唉，你這人真是死心眼，死人都算計不了你的心眼。」

上官昧又喜又怒，又氣又惱，一張俊臉由白變黑，再由黑變紅，指著詠真半天說不出一個字來，最後跺腳「哼」的一聲，箭一般「嗖」的消失了。

蘇星南隨即也反應了過來，頓時為上官昧招惹了這麼不省心的祖宗而哭笑不得，即使詠真幫了他大忙，也忍不住責怪道：「詠真先生，上官昧很少對人這麼認真，你不該這樣耍他。」

「我哪裡是耍他，我是想想幫他超脫那陳腐的觀念，早日認清自己的心情。」詠真往地上啐了兩口血沫，雖然不嚴重，但他受得傷也不是假的，「誰知道他那麼死心眼，都願意為我闖皇城犯殺頭了，卻就是不願承認喜歡我。」

「他都願意為你闖皇城犯殺頭了，你竟然覺得他還沒有承認喜歡你？」蘇星南搖頭，這到底是誰沒認清誰？

詠真瞥了他一眼，一副「無知凡人」的鄙夷眼光：「親情愛情友情，知遇之情，救命之情，能為他人而死的感情太多了，誰規定一定是愛？你願意為三清去死吧？那你待他又是什麼情？」

「我……」

「星南！」被落在後頭的許三清終於氣喘吁吁地趕上來了，堪堪打斷了蘇星南的話，「詠真先生他……咦？詠真先生？你、你沒事了?!」

詠真冷哼一聲：「誰說沒事，我都吐血了哪能沒事！」

「啊，那你現在感覺怎麼樣？」許三清連忙跑過去扶他，詠真憋了一肚子火，但看許三清那麼真誠，也不好發作，只好由他扶著坐下，調理氣息，「要不要我給你刺穴？」

「你那刺穴工夫我還真信不過。」凡是道法被破，必有真氣反噬，刺穴放血可以把洶湧的血氣引出體外，但對穴位要求甚高，一般都在耳後或頸脖上的要穴，詠真彈一下許三清的額頭，尖利的指甲劃破他耳後一點皮膚，放出了一小股瘀紅色的血，「你也遭反噬了。」

「嗯，忽然就覺得心口一痛，然後就立刻醒了又立刻暈了……」許三清揉揉發悶的心口。

「那人雖然破了我的陣法，但沒有傷害人命的打算，他大概只是想要把蘇星南那位親屬的魂魄打散。」詠真看了看蘇星南，撥了撥頭髮，「方才你們在說什麼祕密我不想知道，但那應該能成為線索……唉，我累了，今晚也回不去，這附近有沒有山洞之類的地方讓我睡一下？」

「山洞沒有，但不遠處有個破落的道觀，我們可以歇息一下，等天亮了再回城。」

許三清早在選了這個地方的時候就想好事情結束後如何休息，三人到了道觀，詠真有意避嫌，躲到了角落去，還化了一個純白大帳子出來把自己隔絕在裡頭，蘇星南跟許三清便扯了幾個蒲團幾塊破窗簾，往地上鋪一鋪，躺下歇息。

但蘇星南哪裡睡得著？小姨剛想告訴他那個賊人是誰，便被打散了魂魄，顯然那施法的人就是不想讓他知道他的身世。可是，這麼昭然若揭的答案，蘇星南還能猜不到嗎？

能讓郡王爺忍下這口氣，沒把娘親休掉，甚至把自己給撫養大了，讓自己考取功名，只是疏遠沒有加害，那他的生父，除了當今聖上，還能是誰呢？

蘇星南額角青筋突突直跳，頭疼得厲害。他雖然與太子同歲，但生辰比太子早兩個月，若真要認祖歸宗，他……

不不不，豈能有如此大逆不道的想法！

蘇星南拍拍自己的臉，不能胡亂猜測，這事處理不好，就不只是殺頭那麼簡單，蘇家上下幾十條人命都會被牽連。

但，牽連了也就牽連了吧，二十多年來，那個家於他而言，難道又有過什麼親情？不是的，一粥一飯也是恩，何況還讓他讀書識字，習武強身，否則也沒有他今天當大理寺少卿的威風。

可這恩是真的是蘇家給他的，還是蘇家在那人的默默觀察下不得不對他好？

蘇星南想起蘇千紅說蘇承逸逼母親吃丹藥想打掉他，雖然早已經看淡了所謂的父子之情，但也不免心中愁苦，惆悵嘆息。

就在蘇星南暗自輾轉的時候，明亮的月光裡伸過來一隻軟綿的小手。

「有蚊子嗎？」

「嗯？」

「因為你打自己的臉啊。」許三清搭上蘇星南的肩，把他轉過來，「你在想事情對不對？」

「……嗯。」

「在想小姨跟你說的話？」許三清回想詠真的話，「那個祕密？」

「嗯。」蘇星南看看許三清，猶豫著該不該跟他坦白。說吧，他擔心許三清因此更加忌諱他的去留問題；不說，總覺得對不起許三清對他那麼真誠坦率。

「你覺得告訴我不妥當的話，就別告訴我。」許三清似是看出了他的猶豫，笑著捏了一下蘇星南的鼻子，「你別皺眉了，再皺眉就要出皺紋了，有皺紋了就不好看了。」

蘇星南聞言，皺到一半的眉頭就皺不下去了，可也沒能立刻就鬆開，便成了吊在半空的一個奇怪又無奈的八字眉，好一會，他才完全舒展了開來，「哈」的笑了出來。

「師父教訓得是，弟子定必好好保養這張皮相，供師父隨時賞玩。」

哪知道許三清猛地收回手來，臉上也飛起了兩朵紅雲：「我才不要賞玩你……」

蘇星南本無此意，純粹抬槓，卻不料許三清往那方面想了，讓他也不禁回憶起了那些「賞玩」的片段，頓時尷尬了起來，乾咳兩聲便翻過身去，背對許三清裝睡去了。

許三清也沒想到蘇星南會被他一句玩笑說得翻過身，不再理睬自己，頓時愣了半天，想伸手推他，卻又想不到叫他幹什麼。

什麼時候開始他要有理由才能跟蘇星南說話呢？

從前他們不是大蔥蘿蔔也能互相開玩笑說上半天嗎？

這下換許三清惆悵了，他愣怔地看著蘇星南寬闊的背，自入京以來不過一個多月，他竟消瘦不少，那厚實健闊的背上也突起了蝴蝶骨的形狀。許三清看著看著，不知道為何輕嘆一口氣，閉上眼睛把心一橫，手臂一伸，想要抱住他的背。

抱住了，可是怎麼這麼臭？

「啊，什麼東西！」

許三清睜開眼來，頓時被眼前一雙渾濁的帶著血絲的眼睛嚇得大叫了起來。

只見青白色的月光裡，一個奇怪的人，或者說一個像人的東西憑空出現，蹲在許三清跟蘇星南之間，瞪著一雙大得磣人的眼睛打量著許三清。許三清那一抱，抱住了「他」的腿腳，他也立刻動作了起來，「嗷嗚」嚎叫一聲，便一掌往許三清腦門上拍過來！

許三清就地一滾躲開了，邊上的蘇星南人未轉身，已經一記掃堂腿襲去把那怪物掃跌在地上，那怪物往地上一撲，馬上轉身攻擊蘇星南，蘇星南一個鯉魚打挺閃開，正要還擊，忽然被那怪物朝他虛晃一掌，蘇星南頓感泰山壓頂，「啪」一聲跪倒在地上！

——定身咒！

蘇星南大驚，想要開口提醒許三清這怪物會道法，卻發現喉間如壓千斤巨石，連嗚咽都發不出來，只能瞪著眼睛猛向他使眼色。

還好許三清身手雖不濟，卻是習慣以道法做還擊手段的，他雖然意識到這怪物會道法，但也習慣地祭出定身咒先先把對方定住，但他畫好的血符未及出手，那蓬頭垢面的怪物便像料到他出手一樣，滿地亂跑起來，許三清若要追上他使咒，可能反而被拖進他的節奏裡去，是以許三清一時之間只敢在原地站定，小步轉著圈打量那怪物。

「大半夜的打什麼架呢！」

打著呵欠的聲音響起，純白的帳子嗖的化作一條條飛舞的白綾，嘶嚕嘶嚕往那怪物纏了過去，那怪物大驚，狂亂掙扎起來，掙扎間竟接連放出了雷火咒跟落雷咒，許三清連忙抱頭鼠竄，拖著蘇星南躲到了一根柱子後頭去。

還好那怪物放過三、四次咒法也就精疲力竭了，詠真勾著頭髮，抬頭看那被吊在半空中，纏成大繭子一樣的怪物，忽然打個響指，在這破廟裡颳起了一陣風雨，專門往那怪物頭上淋。

「詠真先生，上天有好生之德，先搞清楚再用刑逼供吧！」許三清解了蘇星南的定身咒，連忙勸詠真住手。

「你不覺得他很臭嗎？我在給他洗澡啊。」詠真翻個白眼，無奈地聳聳肩，「你看，洗乾淨了才像個人吧？」

「咦，這是個人？」許三清抬頭，只見那雨水落在那怪物……呃，怪人身上，再往地上掉時都成黑色的了。但淋洗過後，烏蓬油膩的亂髮耷拉了下來，臉上汙垢也洗脫不少，總算能看出是個人，只是這個人瘦得厲害，兩頰凹陷，顴骨高聳，深深的眼窩裡，兩隻眼睛也像牛眼一樣只會死盯著人，就算看出是個人，多半也會被誤會是鬼。

「啊，真的是個人！」

「難道剛才就是這個人破了我們的陣？」蘇星南剛才被那定身咒一壓，一邊膝蓋幾乎跪碎了，此時只能忍著痛，拖拉著一條腿慢慢挪過來。

「你怎麼了？」許三清這才發現蘇星南受傷了，連忙扶著他坐下，捋起他褲管一看，只見一片青紫好不嚇人，「啊，你別動，我有傷藥我去找。」

蘇星南拉住許三清：「皮外傷而已，先看那個人。」

「嗯？」

許三清回頭，詠真已經把那人降落地上，但仍不鬆開那人的束縛，把他捆在柱子上，那人瞪著一雙渾濁的眼睛，死死地看著前方，並沒有固定看某個人。

「詠真先生，是這個人破我們的陣法嗎？」起手便用定身咒，還會放電火咒跟落雷咒，一看就是道門中人，而且修為也不低，或許真的有本事破詠真的陣法，但許三清仍是一臉不解，「可他為什麼不在破陣時殺我們，卻在之後襲擊呢？」

「因為破陣的人根本不是他。」詠真道，「你看他精氣神，全是潰散的，這人是個瘋子。」

「瘋子?!」許三清跟蘇星南都驚呼出聲，許三清不可思議地往那人走近幾步，那人一雙眼睛猛地轉過去盯著他，但很快又轉回去茫然地看著前方了，「可是他會用那麼高級的雷火咒法，一定是個小有成就的高手，怎麼會變成瘋子？又怎麼會出現在這裡，為什麼要襲擊我們？」

「師父。」蘇星南道，「我好像聽到是你先動手的。」

「呃……我、我沒動手，我只是、只是……」許三清臉一紅，他死也不要說，他其實是想抱一抱蘇星南，結果那個人蹲在中間，所以他抱錯了，惹得他出手襲擊，「總之他很奇怪啦！」

「是很奇怪，可你問的問題，真是天曉得了。」詠真觀察了一下那人動靜，那人一動不動，也不像在積存氣力反撲，「現在怎麼辦，放了他？」

「放了他，他不會傷害我們嗎？」

「他試過了，知道不是我們對手，應該不會繼續攻擊，不過，大概會逃跑。」

「不能讓他逃了，他懂得道術，一定是哪個門派的高手，我們不能讓他就這樣瘋瘋癲癲下去，得幫助他回到師門去，好歹有個照顧啊！」許三清連連搖頭，走上前去掏出手帕給他擦去臉上的汗水，「這位道友，你不要害怕，我們都是道士，不會傷害你的。」

那怪人又轉過那雙銅鈴大的眼睛來盯著許三清，許三清被他瞪得發慫，卻還是硬著頭皮笑，這笑容引得那怪人也跟著笑了起來，但他笑起來的聲音十分奇怪，聲音暗啞沉沙，活像被滾油燙壞了嗓子一樣，難聽得要命，但他還是擠著那嘶啞的聲音大笑，笑聲間恍惚還夾雜著模糊不清的話語。

詠真眼眉倒豎，「嗖」的扯過一條白布塞進他嘴巴裡：「哼！還想搬救兵？引路哨吹得不錯，但這京城方圓百里，沒有道觀了，也早就沒有道士了，你是真傻還是假瘋！」

這句話讓那怪人的臉色一瞬間耷拉了下來，笑聲便轉變為乾號的悲哭，詠真皺著眉頭揉揉耳朵，走了開來：「唉，這是真傻。」

那落難怪人哀號得淒涼，許三清聽著心都難過起來了，不由得扁起嘴來：「這位道友，我也很難過，道教被打壓至此，我們都很難過，但是你別哭了，大家都有在努力，你別哭了好不好？」

「師父……」蘇星南拖拉著腿腳走到他身邊，搭著他肩膀勸道，「他聽不懂的，別說了，先休息吧。」

「那他……」

「我點他昏睡穴，讓他先安靜下來再說吧。」蘇星南說著就要伸手點那道人身上穴道。

說時遲那時快，一道破風之聲直襲而來，蘇星南猛一縮手，只見一支白色羽箭「鏘」的釘進了他身後的牆壁，若蘇星南縮手晚一點，只怕早被這箭貫穿手掌了！

「不要動！下一箭就不會射偏了！」一個爽朗的男子聲音在道觀外高聲叫嚷，「放了他！」

又來一個，詠真嘆口氣，正打算施展術法把那人捏進來，蘇星南便擺手表示不必他動作：「外頭的大哥，請進來說話，我們只是過路人，你這位有瘋病的朋友半夜偷襲，我們才不得不把他制服。」

「啊！他又發瘋了？」那人一聽，果然放下了警惕，趕緊跑了進來，卻是個劍眉星目的高大漢子，即使粗衣麻布也難掩一身豪邁陽剛的健壯。只是，他左眼角上有一道墨綠色的黥印，又教人不得不警惕。

「這位大哥，我是京中大理寺少卿蘇星南，在外趕路未及入城，請問閣下姓名？」見對方臉帶黥印，蘇星南便亮出官府身分，想給對方一點威懾。

果然，那健壯漢子一聽蘇星南是京官，便把手中弓箭都放下了，雙手抱拳道：「草民秦沐朗，是這山頭上的獵戶，這個是我的朋友，他是個瘋子，如果他作了什麼得罪大人了，草民代他向你賠禮道歉，請你多多包涵。」

「誤會一場，不必掛心。」蘇星南說著，便跟許三清一起過去給那怪人鬆綁，「你這位朋友……叫什麼名字？」

「我不知道他本來叫什麼，但我們都叫他阿水，因為我們是在水邊發現他的。」白布一鬆開，那叫阿水的怪人便跑到秦沐朗身邊，嗚嗚啊啊地對他說起話來，秦沐朗一邊「嗯嗯好好」地應和，一邊詫異地看著他，「你怎麼渾身都濕了？」

眾人沉默，詠真垂著頭剔指甲，好像真的跟他沒關係一樣。

「你這位朋友身手不凡，好像學過工夫啊，你不怕他嗎？」蘇星南繼續套他的話。

秦沐朗笑笑：「大人，你看，我一個從大牢裡放出來的犯人，他不怕我已經難得了，我還哪裡會捨得怕他呢？我要是連他都怕，就連個人說說話都沒有了。」

蘇星南一愣，本想說坐下慢慢聊，但道觀裡被一場打鬥搞得塵土飛揚，汙水遍地，別說坐下聊天了，連他們今晚歇息都不能了。

「啊，這位秦大哥！」許三清忽然道，「你這位朋友把我們這片地方給弄得一塌糊塗，我們今晚無處歇息了，你既然是這裡的獵戶，你家應該就在附近吧，我們能去你家歇息一晚嗎？」

秦沐朗掃視一下四周，確實挺狼狽的，他搔搔頭髮為難道：「不是我不願意，但我家很小，只怕你們要睡地上。」

「我們本來就是要睡地上的了，有瓦遮頭就好了。」蘇星南也反應過來許三清的意思，便順著話頭說，「剛才不知道有沒有失手打傷這位阿水大哥，十分抱歉。」

秦沐朗爽快地替阿水原諒了他們：「沒事，不過他很少到這附近來的啊，這附近村子的人總愛欺負他，也不知道今晚是怎麼回事忽然跑出來。你們跟我走吧，我家距離這裡說近不近，你們到了還能歇四、五個時辰。」

「多謝秦大哥！」許三清高高興興地道謝了，又回頭去叫詠真，「詠真先生，你跟我們一起走嗎？」

詠真剔著指甲打量秦沐朗，目光流轉間莞爾一笑：「一起吧。」

秦沐朗被詠真那豔色一衝，當下瞠目結舌，阿水忽然往他後腦勺打了一巴掌，才把他打醒了，他咳咳兩聲，躲開詠真的目光，轉身帶起路來。

蘇星南看著詠真跟上來，慢慢走到秦沐朗身邊，他張了張嘴，始終沒說出什麼話來，咬著牙讓許三清攙扶著，往秦沐朗家裡走去。

——唉，上官昧，你還是回去找個良家女子延續你那九代香火吧，這祖宗，恐怕你真的鎮不住啊！

第三十三章

秦沐朗家就是普通的一個木頭房子，門打開了就是一個桌子兩張椅子一張床，絲毫沒有廳堂房間的懸念，他把桌子挪到一邊，從床下的箱子裡拿出兩張大熊皮往地上鋪。

「你們運氣好，我正打算明天早上到市集上賣了這兩張熊皮呢。」

蘇星南見那兩張熊皮體積頗大，油光晶亮，一看便是壯健的成年黑熊皮，不禁驚嘆：「秦兄，工夫了得啊，這麼大的熊都打得了，還打了兩隻！」

「哈哈，這兩張熊皮是我早些年在東北打的，那兩隻黑瞎子正好在打架，讓我當了一回黃雀！」秦沐朗得意洋洋炫耀道，「要不是實在揭不開鍋，我也捨不得把它們賣掉。」

「秦兄，無論你曾經犯過什麼過錯，現已刑滿，何不到城中尋一份差事？你身手如此了得，要當個護院教頭，應該不難。」

「蘇大人，黥面不就是為了讓人以後都被人看不起嗎？」

秦沐朗訕笑，蘇星南微微皺眉，但寄宿人下，也不便反駁，只好岔開話題：「秦兄你一直在這裡落腳嗎？也一直照顧著這位阿水兄弟？真是辛苦啊。」

「沒什麼照顧不照顧的，分一口飯吃總也還是行的……」

「啊啊啊，他咬我！」

許三清忽然大叫起來，原來他想給阿水擦頭髮，但阿水不光不領情，還一口往許三清手掌咬下去，許三清縮回手來趕緊跑到蘇星南後頭，對秦沐朗埋怨道：「我只是想給他整理一下。」

秦沐朗笑道：「阿水從來不讓人給他清潔，要不他也不會這麼髒了。這位小兄弟，你的好意就自己收著吧，反正到他自己也受不了的時候，他就會自己去溪邊洗澡的。今晚你們打地鋪吧，兩張熊皮睡三個人，應該還可以。我就還是睡木床上啦，你們別見怪了。」

「客隨主便，可是，那阿水他……」

「他不習慣像我們那樣睡。」正說著，阿水果然就跑到了屋子角落去，挨著牆角背靠牆壁，抱著一桿掃帚閉上眼睛了。

許三清跟詠真都覺得心裡一緊，懷抱利劍，背靠磚牆，這分明是道家弟子心存警惕時的睡覺姿勢。

「哎，睡覺了睡覺了，要不天真要亮了。」秦沐朗看不出那些門道，打個呵欠，吹滅油燈，便往床上躺下歇息了。

詠真、許三清和蘇星南三人依次在那兩張大熊皮上躺下歇息，但半晌以後，許三清已經摸不到身邊的詠真了，他推了推蘇星南，蘇星南跟他互看一眼，深深嘆息一聲，沉默地閉上眼睛。

詠真當然不是憑空消失的，其實他就在這屋子裡，只不過他爬上秦沐朗的床上時順手扔了個結界，於是就誰也看不見聽不見他們兩人的聲響了。

「嗯……啊……詠真先生……這樣，真的可以嗎？」秦沐朗呼吸急促地揉著詠真的髮，胯下健壯碩大的陽物正被詠真深深淺淺地吞吐著，豔紅的唇舌間全是亮晶晶的液體，十分淫亂。

「嗯？」詠真抬起眼來，漫不經心地挑開秦沐朗的上衫，修長白皙的指節撫琴一般揉過青年獵戶壯實的胸肌，揪著那厚實的乳珠拉扯，「你情我願，有什麼不可以？」

「我們，才第一次見面……而且，過門是客……」秦沐朗額頭青筋直現，雖然嘴上這樣說，但詠真不再舔弄，他又恨不得馬上插回他嘴裡去。

「哦，你覺得這是怠慢了客人？」詠真笑笑，坐了起來，岔開兩腿，撩開衣襬，纖薄的綢褲已經被頂了起來，「那，要不你來服侍我？」

「啊？我來？」

「怎麼，不願意？」

秦沐朗一愣，他一個山野獵戶，又曾經犯事，就算去窯子，能買得起的窯姐兒也都是些殘花敗色，他閉著眼睛只當出火就算了，哪裡玩過這些情趣？而且，舔男人的那個玩意，怎麼都很彆扭。

詠真見他不動，便聳聳肩，自己摸了起來，細碎的呻吟間，連肌膚都泛起了醉人的酡紅。

秦沐朗喉乾舌燥，在詠真悠悠然褪下綢褲的時候，「啊」的低吼一聲，撲過去握住他便含了下去。

詠真舒服得長長出了一口氣，他把手指插進他的髮裡，引導他轉動頭顱，更好地服侍自己。

秦沐朗從未試過心跳如此快速，心底泛起的征服欲更加強烈，他一邊積極地吞吐著，一邊用力地揉搓著詠真的細嫩的臀，巴不得馬上把詠真吮出精來。

對方如此積極配合，詠真便閉起眼來享受了。

他今天耗了元氣又受了傷，的確很想做，也很需要做，上官昧這碗紅燒肉吃不到，秦沐朗這白煮肉雖然清淡了些，也好歹是個精壯男子，應該也不比他差。

他只是想做罷了，他是千萬隻狐狸精氣凝化的彪，天性淫蕩，他就是一定要跟男人上床，他就是離了男人活不了，道法自然，這就是他的自然，他不想改。餓了便吃肉，想做便找男人上床，他就是這麼隨性自在，連枕草都沒有要他改變，上官昧，你算什麼哪根蔥，竟敢要脅我？

身下吸吮的力度更加強猛了，詠真自喉嚨裡發出低啞的呻吟，情不自禁地挺動腰桿往更深處頂弄：「啊……再快點……啊……好舒服……用力點，上官大人……嗯？」

秦沐朗並沒意識到詠真叫喚的名字不對，詠真卻先被自己喊出口的名字嚇到了，他愣怔著，腦子裡仍自不受控制地浮現著上官昧那討厭的神情，胯下那人卻在此時用力吸吮起他馬眼，他驚叫一聲，竟然精關失守，在男人嘴裡洩了身。

詠真哭笑不得，本想吸人家精氣，現在自己反而洩身了，得不償失啊！

秦沐朗被詠真弄了一嘴，一時也愣住了，詠真分開腿架在他肩上，微微抬起腰，中指撫著私處打了個圈：「你這麼大，不知道能不能進去？」

秦沐朗臉上炸紅，筋脈怒張的傢伙馬上抵了上去，詠真暗暗吸一口氣準備承受，卻聽見一聲炸雷，結界竟然破了！

「妖孽受死！」

一把爛掃帚如雷似電地打在詠真腰腹上，竟震得木板床轟然碎裂，詠真一驚，連忙踹開秦沐朗，一個翻身跳下地來，扯上衣褲，卻發現腰間灼灼如火燒！

阿水一把接過被詠真踹開的秦沐朗，往他額頭一拍，秦沐朗竟然被他生生拍暈了過去，他把秦沐朗擱在牆邊，便輪著那爛掃帚追著詠真打，虧得那是一把爛掃帚，若那真是一把寶劍，只怕詠真早已被攔腰斬開兩截了。

這番動靜太大，蘇星南跟許三清都猛地跳了起來，許三清見詠真捂著腰腹如受重傷，連忙攔在阿水跟前：「阿水先生，你醒醒，是我們！」

「妖孽橫行，天道不公，龍虎山張真人門下許清漣今天替天行道！道友你若執迷不悔，仍與狐妖為伍，今日我便替你師父清理門戶！」阿水，或者該說是許清漣，忽然條理清晰地說起話來，一雙銅鈴大眼也炯炯有光，若不是衣衫襤褸且手執的是一支爛掃帚而非寶劍，確實是一副除魔衛道的道長模樣，「狐妖，速速受死！」

「嘖，偏偏在最重要的時候發瘋，道士，你惹怒我了！」

詠真被人打斷情事，又挨了打，加上今天一切不順心，頓時妖性大作，瞳仁幻化出金色的光來，指甲暴長，頸上妖印也燁燁生光。許清漣見狀，趁他未及催動所有妖力當即攻來，想先發制人。

他全然不知道自己手中所執非是寶劍，也不記得自己剛剛才放過幾次咒法法力枯竭，只顧迅猛地往詠真要害刺去，詠真輕易折斷那柄掃帚，一掌揚起便把他掀翻，指甲在他臉頰上劃下了五道鮮紅血印！

「住手，不要打！」許三清急了，他不知道該幫哪一邊才好，只能在一邊大喊，想要喝止兩人，「別打了，一場誤會！詠真先生，他是瘋子啊！」

「呸，瘋子也不能壞我好事！」詠真氣在心頭，衝上去就往許清漣胸口踩，一腳踏下，許清漣「噗」的吐出了一口鮮血，暈倒了過去。

「啊！」許三清以為詠真打死了許清漣，連忙撲過去抱住詠真的腳，「求求你了，不要打了、不要打了！」

「詠真先生，得饒人處且饒人，況且你這次沒成事，說不定是好事啊。」蘇星南第一次見兩個旗鼓相當的道人打架……雖然許清漣瘋瘋癲癲且道法全無，但也是實打實的道家工夫，只覺大開眼界，此時才想起要勸架，「至少上官昧問起的時候……」

「閉嘴，誰准你提起他！」詠真橫眉怒目瞪了蘇星南一眼，氣鼓鼓地往一張木凳上一屁股坐下，「你再提起他，我連你也打了！」

蘇星南閉上嘴，先去查看了一下秦沐朗，這可憐的傢伙，真不知道他剛才是被詠真怎麼撩撥的，被人一掌打暈了以後老二竟然還是硬邦邦的，不知道以後他對情事會不會留下心理陰影：「秦兄問題不大，師父，阿水怎麼樣了？」

「呃，還好只是暈了。」許清漣暈過去以後，許三清總算能好好地治療一下他了，他把他平放在熊皮上，捏著他下巴塞了兩顆丹藥下去，然後又掏出手絹來給他擦臉。

「師父，這事我來做就好了。」蘇星南一把奪過許三清的手絹，「你剛才聽到阿水說的話嗎？」

許三清點頭：「他說他是龍虎山張真人門下的許清漣，龍虎山是正一教祖庭，這人跟我師父應該是同輩。」

「他跟師公是同輩的話，那師公得了鎮魂鈴，他會不會是那個得了散魂簪的人呢，他看起來也十分厲害。」只拿著一把掃帚，還法力枯竭，也能破開詠真的結界，還能讓詠真捱了幾下打，蘇星南覺得這修為用「厲害」來形容也不為過。

「這個我真的不知道，師父從來沒跟我提過他有什麼同門，我連自己有沒有同門都不知道。」許三清撓撓頭髮，「不過，這下總算知道他是哪裡的人了，他既然是龍虎山的，那我們就把他送回龍虎山去吧，說不定……」

「龍虎山？」蘇星南一愣，當年太子不就是去了龍虎山的真仙觀學習嗎，「龍虎山附近道觀眾多，但自從皇上下旨整頓，多已式微，就算送他回去，可能他的母觀也已經不在了。」

「也得試試看，總比他繼續在這裡流浪好。」許三清說到這，心裡咯噔一下，對了，龍虎山在江西，距離京城甚遠，蘇星南是京官，沒有任務，不能隨便離京的……

兩人分別的日子，終於到了嗎？

蘇星南見許三清發呆，便勉力展開個不在乎的笑容來：「以後的事情以後再說，今晚我們夠折騰的了，先歇息吧，我點了阿水的昏睡穴，他不會再鬧事了。」

「……嗯。」

許三清終於躺下，疲倦戰勝了思緒，昏昏沉沉地睡了過去。但即使睡過去了他也覺得天旋地轉，很多很多事情在他腦子裡盤旋，互相牽扯成糾結的線，他恍惚覺得師父要他做的事情好像不只是尋回鎮魂鈴那麼簡單，但能複雜到什麼地方去，他卻無從知曉。

一會兒是小時候饑寒交逼的淒涼童年，一會兒是拜師後背師父照顧著的舒服日子，一會兒是師父去世時哀痛悲苦的淚水，一會兒是人情冷淡的苦難，一會兒是蘇星南。

蘇星南、蘇星南、蘇星南。

只有這個人，只有這個名字，他沒有任何的感覺，他沒有任何的觸動，這名字占據了他的思想，他反而會覺得十分安心，不再需要思考任何事情，只要沉沉穩穩地睡下去就可以了。

如此浮沉在半夢半醒間，許三清覺得彷彿只是過去了一炷香的時間，天竟然就大亮了，直到有人推他，他才艱難地睜開了眼睛。

「師父、師父！」蘇星南的語氣十分焦急，「起來，阿水不見了！」

「啊？」

第三十四章

這木屋子簡陋得沒有任何藏身之處，許三清掃了四周一眼，詠真也已經不見了蹤影：「詠真先生呢？」

「他說先回城裡療傷。」蘇星南拿出一道傳音符貼在許三清額前，便聽到詠真交代的話了，「我起來的時候，他們兩個都不見了。」

「先把秦大哥叫醒吧。」

一夜過去，秦沐朗總算平復下來，但眼下發青，眼帶血絲，他揉著發痛的太陽穴疑惑地看著蘇星南跟許三清：「你們怎麼……啊！詠真先生呢？」

顯然是想起自己好事未成，秦沐朗臉上頓時泛紅。

蘇星南乾咳兩聲，拍拍他的肩膀示意他不必介懷：「詠真先生是城裡雲壇的頭牌，你若是記掛他，以後大可自己進城試試找他。現在先幫我們找回阿水吧！」

「咦？阿水不在？」秦沐朗迷迷糊糊記得昨晚好像聽見阿水的叫聲，卻又想不起是什麼事，他揉揉額角，不甚在意地聳聳肩，「他去向很飄忽，說不定是跑去洗澡，也說不定是跑去追兔子，我也不知道該怎麼找他。」

蘇星南跟許三清對視一眼，心中已有決定，蘇星南眨眨眼，拉起秦沐朗道：「秦兄，不瞞你說，那位阿水應該是我的一位故人之子，我們想把他送回家鄉醫治，麻煩你帶我到他經常出沒的地方找找看吧，我會付你酬勞的。」

「原來如此，難怪你們總對阿水特別關心。」秦沐朗擺擺手，「酬勞就不必了，阿水是我朋友，能幫到他就好了。」

「那就感謝秦兄高義了。」

蘇星南說著，已經拉著秦沐朗出門去了，許三清藉口身體不舒服在木屋等，待他們走遠了，便馬上去尋了水盆柏葉，拿起那把被阿水當作寶劍的爛掃帚作媒介，凝神定氣，開起水鏡來尋他的去處。

昨日消耗太大，還沒有睡好，許三清嘗試了三遍才成功讓水面映照出景象來。灰白牆壁，青磚街道，拿著大刀查問過往人群的官兵……咦？這不是進城的方向嗎？

秦沐朗不是說過，阿水怕被人欺負，連山腳的村子都不怎麼去的嗎？怎麼這會兒卻往人多的城鎮跑了？

難道是昨晚的遭遇讓他記起了什麼，所以他才要到城裡嗎？

可他到城裡，又是為了什麼事呢？

許三清越想越不對勁，便撤了水鏡，開天眼，尋著了蘇星南他們，拉著他們一同回城去。

剛剛看見城門，就已經發現一群人圍在一起呼呼嚷嚷，官兵走過去驅散他們，人群散開後，才發現阿水抱著頭伏在地上打滾，顯然是被剛才那些人欺負了。

「阿水！」秦沐朗看朋友被欺負，氣沖沖地跑了過去，他臉帶黥印又怒氣騰騰，圍聚在一起的好事之徒忌諱地退了開去，「欺負一個傻子算什麼英雄，有本事跟老子打！」

「不要在城門生事！」官兵們的火頭卻立刻轉移了，警惕地盯著秦沐朗，「這傻子是你朋友？」

秦沐朗冷哼：「是又如何！」

「他沒有身分證明，沒有通關牒文，不能進城，你快帶他離開！」

「各位稍等。」蘇星南也趕了過來，他向幾個官兵亮出了腰牌，「這兩位是我從郊外找到的……呃，證人，是要到大理寺協助處理一個案子的，情況緊急，未及辦理文件，請幾位行個方便，蘇星南以後一定補齊文件。」

官大一級壓死人，何況是大理寺少卿，官兵們立刻讓開了道，秦沐朗扶起阿水到一旁歇息，只見他依舊渾身泥濘，手腳上都是瘀青，臉上被詠真劃開的口子還在沁著血水，實在是好生狼狽。

秦沐朗嘆口氣，拉起衣袖給他擦臉：「阿水，你無緣無故跑這裡幹什麼呢？看被人欺負了。」

「啊，嗚啊！」昨晚明明口齒清晰的阿水現在又只會嗚嗚啊啊了，他一個勁地對著城門方向指手畫腳，似乎非常急切要進城。

秦沐朗皺眉：「你別鬧，那裡不是我們能去的地方。」

許三清插話：「秦大哥，既然阿水想進城，不如到我們家去吧，我們給他清潔一下，也好找大夫來給他醫治。」

「這……」秦沐朗對在城裡被人指指點點十分介意，但也不能不管阿水，一時為難。

「進城去了，說不定你去雲壇能碰上詠真先生。」

蘇星南說的這個強大誘惑立刻就讓秦沐朗點頭了：「好吧，那我跟你們一起走，誰叫阿水只聽我的呢。」

蘇星南微微皺了皺眉，上官昧，別怪我給你引情敵進城，誰叫你自己裝瀟灑裝不在乎呢。

三人好不容易把阿水連哄帶拖地帶到了蘇星南府邸裡，幾個小僕看主人帶回個如此骯髒奇怪的人，都皺著眉頭不知如何是好，待蘇星南吩咐他們準備澡盆，他們眉頭都皺得快要夾死蒼蠅了。

許三清笑道：「放心，只要你們準備洗澡的東西，不用你們給他洗。」

「啊，我們不是嫌棄客人，只是覺得這位客人有點……呃，特別。」小僕們被看出了心思，頓時臉紅了起來，賠罪幾句便迅速準備好洗澡的東西，為表誠意，還特意都跑去侍候阿水洗澡了。

阿水卻不怕生了，儘管有四名清秀乾淨的小僕在四周看著，他也是一見澡盆浴桶便立刻把那件鹹醬菜一樣的衣服脫了下來，全然不介意裸體被人看見。他撲通一下跳到水桶裡，還很自然地舒展四肢，把手臂往浴桶邊上一搭，就等著小僕們給他搓洗，顯然從前也是經常被人服侍洗澡的。

一桶水一會兒便全黑了，小僕們又換了幾次水，才把他徹徹底底地洗了個乾淨，擦乾頭髮，穿上衣服，打好髮髻，小僕們都看傻眼了。這個奇怪的客人，原來竟然長得十分俊朗，雖然瘦得皮包骨，也難掩本來神朗的輪廓，可惜一雙眼睛混沌無神，要不一定更有神采。

小僕們歡天喜地地領著面貌一新的阿水到偏廳，算是向蘇星南贖了剛才的待客無禮之罪。秦沐朗眼睛都瞪得快掉下來了，把阿水捉過來打量了好幾遍：「哎呀！阿水你竟然長得這麼好看！」

「剛才你們給客人洗澡，沒有弄到客人身上的傷吧？」蘇星南問小僕。

「沒有，客人很配合，我們都搓洗時很小心，沒弄到客人的傷口，阿大已經去請大夫了。」小僕們都是從宮裡挑出來的，一個個都很伶俐，「不過客人手臂有一塊刺青，一開始我們以為是汙跡，擦了兩把沒擦掉，才發現是刺青呢。」

「刺青？」許三清眨眨眼，走過去笑嘻嘻地看著阿水道，「許道長，能不能讓我看一下你手臂刺青？」

阿水對這聲「許道長」似乎有點反應，他低下頭來看看許三清，忽然捉住了他的手腕，許三清一驚，未及反應，只見阿水順著他的手腕往上摸到了肩頭，口中念念有詞，許三清這才知道他在給他摸骨看骨相。

這事情往日裡都是許三清對蘇星南做的，這次自己被別人摸，倒有點不好意思了，他一邊任他摸骨，一邊拉起他袖子來，看他手臂上那個模糊不清的印痕。

看起來像是一個圓圈，但在圓圈的外面一層又有幾個特別大的圓點，再外層還分布著不規則的星星點點的斑紋，看不出是什麼刺青。

「刺青用的是水洗也洗不掉彩墨，圖案不該如此模糊，這個應該是什麼特殊的武器造成的傷痕。」蘇星南不聲不響地站到了許三清身後，捉住阿水的手拉開他跟許三清的距離，「那武器還是餵了毒的，這些黑青色的是壞死的皮膚，而武器受力輕重不同，所以圖案也就不甚清晰了。」

秦沐朗詫異：「能造成這樣傷痕的武器？聞所未聞啊！」

「嗯……」蘇星南也皺著眉頭思考，此時，許三清拉了拉蘇星南的衣袖。

「你說……這個傷痕……像不像被鐵蓮花豎著刺進手臂？」

鐵蓮花，算是道家裡不太上檯面的武器。道教所用的拂塵，多為禮器，在主持儀式時使用，也可當作武器使用，如詠真那一手拂塵工夫便是使得極好的。但也有的時候，對手太過蠻橫，或者道者本身修為不足，便會偷偷在拂塵的柄把裡裝上機關，平常看去，拂塵也還是那樣的拂塵，但在打鬥中，一旦按下機關，便會從柄把裡伸出一道尖利的鐵刺，鐵刺還會展開，像蓮花花瓣一樣，固稱「鐵蓮花」。看似無關痛癢的軟毛，卻暗地裡刺對方一個血流如注，實在有點像暗器。許三清只在蘭一招架生魂侵體時見過，但如今也只一眼，便認出了這傷痕是鐵蓮花所造成的。

「鐵蓮花……那阿水是被同門所傷？」蘇星南一愣，龍虎山是太子李欽修道的地方，阿水自稱是龍虎山來的道士，本來蘇星南以為是李欽對龍虎山懷有怨懟，對該處道觀有所懲責，但阿水卻是被道士打傷的，這話又怎麼說？

「你們在說什麼？」秦沐朗一頭霧水，「你們叫阿水作道長？他是什麼人？你們不是說他是你們故人之子嗎？」

蘇星南解釋道：「秦兄，你也知道現在京城禁止僧道進入，之前向你隱瞞也是為了便宜行事。其實這位許三清先生是正一教的傳人，你口中這位阿水，昨天我們曾經聽他自稱來自龍虎山，叫許清漣，而三清的師父叫許清衡，這兩個名字的相似，讓我們猜想他們或是同門，所以才謊稱他是我們的故人之子，希望能帶他進京好好調養，看能否助他恢復神智，若不能，那送回龍虎山他也好有照應。」

「你們就憑一個名字就說阿水是道士，還要把他送到那麼遠的地方？」秦沐朗卻是皺眉了，「口講無憑，我不會讓你們帶走阿水的！」

「秦大哥，我們是為阿水好，難道你就希望他一輩子瘋瘋癲癲下去？」

「他這樣也沒什麼不好……」

「他這樣還叫沒什麼不好？」蘇星南嗤笑道，「秦兄，你是擔心，萬一阿水恢復神智，也會跟其他人一樣對你敬而遠之吧？」

「阿水就是阿水，他變成什麼樣都是阿水，他對我是不會變的！」秦沐朗啪的一拍桌子，阿水抬起眼睛來，遲緩地眨了眨，忽然跳了起來，蹲在椅子上往地上四處張望。

蘇星南跟許三清正奇怪他在做什麼，秦沐朗有點不好意思地捉著阿水的手腳讓他坐好：「咳咳……往日我在家裡發現老鼠蟑螂，就會這樣用力拍桌子，他害怕，就跳到椅子上了。」

許三清噗哧一下笑了：「你們感情真好。」

「他是我唯一的朋友。」秦沐朗嘆口氣，「算了，你們要給他治病我沒意見，但是不能把他送去什麼龍虎山，如果他真的治不好，我就把他當作大哥，一輩子照顧他。」

蘇星南知道強迫不得，便朝許三清使個眼色，安撫他們在廂房裡休息後便離開了。

許三清一夜都沒安穩睡過，又匆匆開水鏡尋人，此時已經累得挨著床就睡著了。

待蘇星南捧了早點到他房間裡，他已經和衣躺在床上，縮成小蝦米一樣睡過去了。

蘇星南笑笑，走過去給許三清蓋被子，末了，他忍不住輕輕揉了揉他柔軟的髮，任他潮濕而平穩的吐息呵在他掌心：「師父……三清？」

沒有回應。

「三清，不管阿水能不能治好，不管秦沐朗願不願意讓我們送阿水到龍虎山，我都跟你走。」蘇星南俯下頭，抵著許三清的額頭，輕聲道，「我辭官，我跟你走，我以後都陪著你……我的決定做好了，你呢？你什麼時候，才願意給我一個確切的回答？」

臥室裡依舊一片寧靜，蘇星南蹭了蹭許三清的唇角，悄悄起身離開。

「吱呀」的關門聲靜止下來後，許三清睜開眼睛，烏黑的眼睛早已是一片濕漉漉的紅。

九重寶殿，紅牆朱棟。

蘇星南垂首立在丹墀上，養心殿裡安靜地能聽見皇帝翻動奏本的聲音。

「蘇少卿，禮部呈上奏本，說你要辭官。」今聖皇帝李珩放下奏本，對蘇星南道，「其實私下裡，朕還是喜歡稱呼你為星南。」

「皇上抬愛，微臣不敢僭越。」蘇星南從小在宮中陪太子讀書，過去李珩對他示好，他會覺得是親厚和藹，但如今得知自己身世，這份親厚便多少變了味道，蘇星南仍是垂著頭，「微臣想要到五湖四海闖蕩歷練，請皇上成全。」

「朕知道郡王封號世襲只傳長子一事，讓你感到委屈，但大丈夫成大事，不必拘泥頭銜這等小事，現在你還只是大理寺少卿，再歷練幾年……」

「皇上，上官昧大人機敏靈巧，處事手段厲害，再刁鑽的犯人都能被他審出原委，素有雄辯聖手之稱，微臣自愧不如，寺丞一職，非上官大人不可。」蘇星南再拜，「皇上，你真對星南如同子姪的話，星南也想跟叔叔講幾句話。」

「你抬起頭來說話吧。」李珩摸了摸鬍鬚，雖然只是四十過半的年紀，但因太子體弱，遲遲未能輔政，李珩的鬚髮皆已染上斑白，「何以此番進宮，倒生分這麼多了？」

「有點情分，還是要保持距離的好。」蘇星南抬頭，映入眼裡的中年男人形象仍是過往那般精神而威嚴，蘇星南恍惚間想了想自己到底長什麼樣子，是不是能從對方的相貌上找到一點相似？但，即使找到，這種虛無的證據，又有何用呢？

「星南在家中，一直不受父親寵愛，兄長對我也是客氣居多，我若是加官進爵，家父雖不至不快，但也不會高興，而兄長必定會疑心我是否想要篡奪長子的爵位。微臣已經無心仕途，若再因此得失親人，豈不成了不忠不孝？」

「星南，你這個不忠不孝也說得太過了。」李珩皺了皺眉頭，「郡王爺對你這麼生分？」

「皇上，父親對我即使生分，也不會刻薄，不敢刻薄的。」蘇星南暗暗吸口氣，賭一把吧，「皇上你是知道原因的。」

李珩的臉色微妙地轉變了一下，含糊地帶過：「他總不會刻薄自己的孩子的。」

「是啊，自己的孩子。」蘇星南故意把「自己」兩個字咬得很重。

「……這事，朕需要好好考慮。」李珩對於蘇星南的態度起了疑心，但又怕試探反而讓他證實了想法，便想先打發他回去了，「若無他事，你……」

「啟稟陛下！」一個大太監急忙進來跪倒，「太子殿下暈倒了，方太醫請陛下馬上到羲和宮！」

「欽兒?!」李珩一驚，連忙下了龍椅，蘇星南也緊跟其後，兩人快步往羲和宮趕去。

到了羲和宮，方籬燕正在給李欽施針，其他太監宮女想要跪拜，都被李珩制止了：「不要打擾太醫治療。」

蘇星南站在李珩身後，皺著眉頭打量床上的李欽，只見他額上胸前都紮了五、六根銀針，卻依舊是蹙著眉尖一副痛苦的模樣，不禁也擔心起他的安危來。

還好方籬燕最終也沒有跪下向李珩請罪，他長吁一口氣，起身朝李珩作了個禮，「微臣參見皇上。」

「禮節免下，太子怎樣了？」李珩焦急問道。

「殿下應是用神過度，才會頭暈目眩，加上近日天氣漸冷，便誘發了舊疾……」

「舊疾?!」李珩大驚，竟一把捉住了方籬燕的手腕，「他……」

「但已無大礙。」方籬燕打斷李珩的話，「陛下，畢竟父子連心，還請陛下多多陪伴太子，心病終須心藥醫。」

這話讓蘇星南挑了挑眉毛，怎麼回事，方太醫這是責備皇帝不關心太子？

「見過蘇大人。」方籬燕這邊剛剛說教過皇帝，那邊便向蘇星南搭話道，「請蘇大人借一步說話。」

「這……」

「蘇少卿，你與太醫先離開吧，朕在這裡陪一陪太子。」李珩對方籬燕的話竟也沒有生氣，他在床邊坐下，拿起毛巾來給兒子擦了擦臉。

方籬燕跟蘇星南來到外堂：「蘇大人，我打算不繼續住在那所小院了，反正是你蘇家的房產，不如你就接管回去吧，也好給你作個念想。」

尋常人知道自己院子裡埋過死人以後要搬走那都是非常合理的，蘇星南也沒有一點疑惑：「我去給大哥說一聲，讓他找人處理吧。不過，方大人說的作個念想是什麼意思？」

方籬燕道：「那院子不是你故去女眷的埋骨之地嗎？難道你不想給她重修墓穴，入土為安？」

說道蘇千紅，蘇星南的心就一陣刺痛，魂魄都已經消散了，又如何入土為安？

「不必了，若是要記住一個人，她就會永遠在我心裡，不需要墓碑墳地這些外物了。」

「嗯，那麻煩蘇大人轉告了。」見蘇星南頗為堅決，方籬燕也不便勉強了。

「方太醫，剛才你說殿下用神過度，是在為什麼而煩惱嗎？」太子並未輔政，也無職權，儘管時有想法，但也只是想法，蘇星南猜想他這次是想要把想法實踐了——但願不是與道教相關的想法。

「朝中近日為稅制改革而紛爭不斷，於是殿下也想擬一個方案，便把自己累倒了。」方籬燕輕描淡寫，「那些數字就是我看見了也會覺得頭暈呢，也難為殿下了。」

「啊，稅制大事，確實極耗精神。」蘇星南沒想到李欽竟然連那麼複雜的問題都想要解決，一邊為李欽的大志折服，卻也一邊感嘆他的健康辜負了他的志向，「若是折壽十年真能為殿下求得身體安康，我也是願意的。」

「蘇大人，任何人的性命都是平等的，你的十年壽命就留著自己用吧。」醫者父母心，方籬燕大概聽不得這種話，語氣也帶了微弱的責備。

蘇星南知道自己說錯了，便道了歉，兩人閒話幾句以後，李珩便出來了。蘇星南跟著李珩一同離開，方籬燕目送他們遠去，才折回臥室，查看李欽的氣息。

脈象總算平和下來了，氣息雖然不夠強健，卻也綿長，該是一個好夢吧？

方籬燕摸了摸李欽的額頭，不自覺地嘆了口氣。

小師弟，我還能守護你多少次安眠呢？

第三十五章

京城華燈初上，十五時節的東西市熱鬧得很，而雲壇也如往常一般迎來送往，鶯聲笑語，不過略掃興的是雲壇的頭牌詠真今晚已有客人，早已經關起門來翻雲覆雨了。

詠真斜挑著眼角，修長的手指插進腿間那人的髮頂，慵懶地抓了兩把，力度略有些大，那人以為他不滿，便抬起頭來看他。

正是秦沐朗。

「沒事，你繼續吧。」詠真挺了挺身子，搭在他肩膀上的腿收了收，曲起腳尖在他肩頭上打圈，「還是你已經忍不住了？」

秦沐朗臉上一紅，他身無分文，本就是碰運氣一樣到雲壇的，只想見詠真一面，不想他竟讓自己登堂入室，繼續歡好，此時他所有的骨氣都沒了，只想全心全意服侍好詠真，便連忙搖頭，「不是，詠真先生你想什麼時候，就什麼時候……」

「哦？對我這麼好，你喜歡我？」

「哎！我、我……」秦沐朗面紅耳赤，但是都已經吸人家吸得那麼丟臉了，再否認也是徒然，便脖子一梗，點頭道，「是的，我、我很喜歡你……從第一眼看見你就……」

「哦，也就是你從第一眼看見我便想跟我歡好了？」詠真毫不在意，這樣想的男人多了去，還不能把他感動，「那如果我現在說，我不想讓你插，你就這樣回去吧，你還喜歡我嗎？」

「什麼？」秦沐朗十分意外，已經高昂的分身早把他褲子都頂得濕了一片，莫非詠真從一開始就是打算看他笑話？

唉，一定是這樣吧，他是京城有名的花魁，自己身無長物，又死纏爛打，他絕對是想戲弄我。

秦沐朗有些挫敗，但轉瞬又覺得這種蔑視是應該的，他不過是個罪犯，早就習慣了各種白眼，就連最貌醜的窯姐兒也能取笑他，何況是詠真？

一旦想到這些平日遭受的冤屈，秦沐朗的眼神便銳利了起來，這裡不過詠真一個人，他也已經被挑起了欲火，就算自己來強硬的，他也大可以說以為他在跟他玩情趣，大不了再去坐一次牢而已，為詠真這樣的絕色，也值得了。

賊心色膽都齊備了，秦沐朗馬上就去解褲子，詠真見狀，便把長腿收了回來。

秦沐朗以為詠真要逃走，沒想到他竟往貴妃榻上一靠，一條腿分高高抬起搭在靠背上，一條腿垂下直踩著地面，把自己大大地分開了，粉色的後穴徹底露出，看得秦沐朗一陣發呆。

詠真皺了皺眉頭：「進來啊，不想做啊？」

「啊……啊！是、是！」秦沐朗滿心歡喜，撲到貴妃榻上，扶著陽物便挺身進入。

秦沐朗身材健碩，那物也十分雄壯，頂進來時詠真深呼吸了口氣才完全容了進去，他閉上眼睛，任由身上的人抽動，只憑著原始的本能去體會肉欲的快感。

他記起自己初次凝聚成人的時候，那時候天很黑，四周只有一陣腥味，慘白的月光偶爾從烏雲後面露出來，照見了一地骨肉肢離。

狐狸，成千上萬隻狐狸，縱橫交錯地重疊在一起，散發著難聞的氣味，牠們的眼睛都睜著，眼睛裡流出的烏黑的血水，死不瞑目地朝同一個方向伸著頸脖，好像在盯著仇人一樣。

他被嚇到了，於是他沒命似的跑了，一邊跑一邊不受控制地發出陣陣嘶吼。

他不知道自己是什麼，也不知道該往哪裡去，但他覺得滿心都是哀傷與憤怒，唯有奔跑跟吼叫能稍微讓他舒服一點。

於是他跑啊跑，叫啊叫，直到太陽露出了第一線光，他才在一條河澗邊停了下來，本能讓他喝水，於是他停下來喝水。

忽然耳邊傳來很吵雜的聲音。有幾個東西朝他走過來。

他看看水裡倒映的自己，又看看那些朝他走過來的東西，嗯，他們跟我長得很像，除了他們身上有那些一塊塊的東西以外。

或者他們能告訴他到底這一切都是怎麼回事？

他站起來朝他們走過去，那幾個東西初時十分戒備，但一會之後，便也朝他走了過來，他們脫下那些一塊塊的東西，變得跟他一樣。

然後他們把他按住，把他們身體的一部分深深地刺進他的身體裡。

一直把他塞得頭暈腦脹，難受在他們一次次刺入的過程裡變得輕鬆了起來，他笑，他覺得舒服，他抱著他們的頭，放聲高呼。

然後他一口咬斷他們的喉嚨。

他餓了，於是本能便讓他吃肉，如此而已。

他從誕生開始，便依著本能行事，他會聽那枕草道士的話，也只是本能地覺得這個男人很好吃，他想吃掉他，所以要多花些工夫罷了。

上官昧，你為什麼要跟一隻魃要求一心一意？

秦沐朗忽然「啊」的發出一聲激烈的呻吟，他托著詠真的腰跪了起來，捉住他的腳踝把他兩腿扯高，用比剛才更強烈的力度抽動，結實的肉囊拍在詠真臀上，一片濕膩。

你看，像這個人這樣多好，只管享受眼前的歡愉不就好了，為什麼要求被你上的那個人腦子裡想什麼呢？

那我呢，我在被其他人上的時候，腦子裡都在想什麼呢？

詠真忽然呼吸不了，猛烈地咳嗽了起來，他一手掐住自己的胸膛，一手伸前去推了推秦沐朗的腰。

秦沐朗一把按住詠真的手，帶著他的手一起握住詠真自己的玉莖，用力地摩擦了起來。

他大概是以為詠真不夠爽，所以推他一把以示抗議吧？

詠真皺眉了，掐著心口的手狠狠地往自己胸口的皮肉抓去，不消片刻便已抓出了一片血肉模糊。

就算把心挖出來，也不見得，每個人都願意看呢。

詠真忽然用力收縮，小穴裡的腸肉像有意識一樣擠壓著那根硬實的肉棒，秦沐朗失聲大叫起來，「啊」的一聲全洩在裡頭。

詠真一抬腳尖便把他踢了開去，他站起來，任那白液沿著腿根流下來，並沒有把它吸收掉進行采補的意思：「舒服過了，你回去吧。」

秦沐朗仍握著那肉棒揉捏著，好一會兒才回過神來：「啊？我、我就這樣回去？」

「不然呢？」詠真瞥他一眼，「你給得起錢？」

「啊，不是、不是那樣……」秦沐朗搔搔頭髮，他一介粗野，也不在乎衣不蔽體，晃著光脫脫的下身便往詠真靠過去，「詠真先生，我覺得、我覺得你對我真好，你剛剛都沒射，是不是不夠舒服？我、我再給你弄一遍。」

詠真聳聳肩膀讓他的手落空：「不用了，我只是覺得你身材健碩，以為會很猛，所以想試試罷了，現在試過了，不新鮮了，你走吧，別再來找我了。喔，如果你有銀子那就另當別論。」

秦沐朗一愣：「可是，我很喜歡你……」

「喜歡我的人可以繞京城圍一圈。」詠真白他一眼，「穿上褲子。」

秦沐朗被如此直接地拒絕，不禁恨得一陣牙癢：「婊子無情，還真的如此。」

「你是不是腦子有毛病，怎麼能要求婊子有情？還有，婊子不肯讓你白操讓你付錢，就是無情？」詠真呵呵笑道，「你當自己是落難王爺還是趕考狀元啊？」

「你！」秦沐朗臉上漲紅，剛想理論，詠真便瞪了他一眼，然後，他也不知道是怎麼回事，便已經往窗外一飛，噗通一聲跌落在京城的青石地板上了。

「我操！臭婊子，下床翻臉！早知道我幹死你、幹死你！」秦沐朗幾乎摔斷腰，一時三刻都爬不起來，便只能朝那扇雕花窗戶破口大罵，街上來來往往的人都繞得遠遠的，生怕惹上什麼事。

卻是有個人不怕是非，慢悠悠地踱了過來，繞著秦沐朗看了幾圈，蹲下來扶起了他，還給他拍灰順背：「這位大哥，怎麼大晚上躺街上罵人啊？夜色正好，良辰美景，該去找個姑娘高興高興嘛！」

「唉，我就是被姑娘給扔下來的！」秦沐朗坐起來，咳嗽了幾下回過氣來。

「哦，是這雲壇的姑娘？」

「呃，其實不是姑娘……」

「哦，那麼肯定是詠真先生吧，那麼暴躁的脾氣。」

「啊？你是怎麼知道的？」秦沐朗詫異地打量了一下這個人，這人面貌俊朗，衣衫精緻，一看便是公子哥兒，但看似散漫的神情下確實遮掩不住的習武之人的精氣神，所謂的形散意不散，「難道你也是詠真的客人？也被他這麼對待過？」

「這個不勞兄臺掛心，」那人忽然抬手指了指秦沐朗臉上黥印，「此印三橫兩豎，是犯了價值一千兩以上，加上傷害至少一條人命但不致死的罪行。你現在應該是孤身一人，並沒有傍到靠山，要不這麼被扔出來，早就找兄弟們抄傢伙了。而兄臺你高大威猛，看來是練家子的，打家劫舍的話，小人家劫不到那麼多錢，大戶人家你一人也劫不到，所以只可能是劫小家鏢局的買賣。這印子不算舊，近年在京城附近發生的類似的案件不多，而看你的年紀，我想你是三年前夜盜霍家鏢失手被擒的秦沐朗，對不對？」

秦沐朗早已一身冷汗：「你是什麼人？為什麼對這些事情那麼清楚？」

「我早說了我是誰不勞你費心，但是，」那人笑了，一雙狐狸眼瞇得只剩下彎彎的兩道縫，「你得記住，詠真是大理寺少卿上官昧的人，他喜歡接什麼客人便接什麼客人，他喜歡扔什麼人就扔什麼人，不要想著報復，最好連咒罵也別讓人聽到。要不，上官大人記性很好，說不定下次判刑的時候，忽然想起來這幾句婊子恩客，一個手抖便把三年流放寫成三十年了呢。」

秦沐朗愣怔了好一會，那人說完話便站了起來，施施然晃進了雲壇，那些姑娘小倌看見他便如蜜蜂見了蜜糖，一口一個上官大人叫得格外甜美。

「大理寺少卿？大理寺少卿不是只有蘇星南嗎？」

秦沐朗發呆了好一會兒，才扶著牆慢慢往蘇星南家裡挪回去，京城這地方，果然不是他該來的。

「阿水，我們還是回去山上吧，這樣就再也不會被人看不起了。」

第三十六章

阿水趴在地上，看著地上一隻草蜢，眼睛瞪得渾圓。

許三清也趴在地上，看著看草蜢的阿水，眼睛快要瞇起來了。

其實也不是他故意學阿水，而是阿水把剛剛路過的他揪住，硬壓著他脖子讓他一起趴著，起初許三清以為阿水想起了什麼，想用這種方式告訴自己，但他們趴著地上少說也小半個時辰了，日頭都已經緩緩西沉了，到底是在幹什麼呢？

「阿水前輩……」

「噓！」許三清才剛開口，阿水馬上跟之前幾次一樣嚴厲地禁止他出聲，然後又轉回頭去看那隻草蜢了。

許三清翻個白眼，不管三七二十一，扶著痠軟的腰站了起來，奇怪，阿水也沒有不讓他起來。

說起來，好像阿水也只是不讓他說話，沒有不讓他動……

「唉，大傻瓜遇上小傻瓜，傻到一塊了。」許三清哭笑不得，搬了個凳子坐到阿水身邊，「阿水前輩！」

阿水這次不理他了，他目不轉睛地盯著那隻被他定住了的草蜢，這專注的眼神又打消了許三清那「大概他只是發呆」的想法。

「唉，阿水前輩，你拉我陪你，也該告訴我目的是什麼啊。」許三清轉頭去看從牆頭漏下來的暮光，「星南出去一天了，他平常應該早就從大理寺回……」

許三清一愣，到嘴邊了的話就吞回去了，蘇星南有公務就晚點回來啊，他怎麼像個小媳婦一樣給他等門呢？

不對，他不是說了要辭官了嗎？那還有什麼公務呢，應該是逐漸把公務分給別人才對啊！

哎哎哎，想什麼呢！

許三清臉上緋紅，連連搖頭把奇怪的想法甩走，阿水對他的舉動毫無反應，依舊專心一意地盯著他的草蜢。

「阿水前輩。」許三清蹲到阿水對面，看著他頭頂道，「反正你也聽不懂，我就只跟你一個說了。星南說他願意辭官，繼續跟隨我到處闖蕩，發揚道統，我覺得很高興。可是星南他喜歡我，他不只是想把我當作師父，雖然我不討厭他，我還很喜歡他，可是我覺得這種喜歡，跟他對我的喜歡好像不太一樣。如果我只是想要他留在我身邊，就告訴他我也像他喜歡我一樣喜歡他，那對他來說太不公平了。」

許三清每次說到自己的想法時都像繞口令一樣，不夠聰明的人一準被他繞暈了，不過阿水反正不聽他的，一點反應也無，於是他就說得越發扭捏了起來：「阿水前輩，或者說，許清漣前輩，你是修道高人，你也經歷過感情的問題嗎？我看蘭一，還有詠真，他們都是那麼厲害的人，但都被感情折磨得很慘，我這麼笨，修為還沒到他們十分之一，是不是不該想這個問題，先把自己的本事練上去再說呢？唉，可惜星南損了元氣，不能再隨意驅動耗費靈氣的法陣，要不他一定……唉，怎麼又想起他來了呢！」

許三清兀自懊惱，阿水忽然「喝」了一聲，猛地撲向那隻草蜢，手掌一合，頓時把那草蜢捏爆了，噁心的汁液飛濺，許三清一陣反胃，正皺眉，就看見阿水要把那草蜢塞嘴裡，他連忙捉住他的手阻止：「不不不，這個不能吃！」

「燕子，不要妨礙我修行！」阿水忽然又變回了許清漣，但他顯然錯認了許三清是別人，「我跟你說過了，這不是什麼邪法，三世伯也在研究，難道他會害殿下嗎？」

「殿下?!」

許三清一驚，阿水突然把他推開，捂著手臂倒退了好幾步，看著許三清咬牙切齒道：「好、好，這一刺，刺死了我們之間的情分，但你今天，休想阻撓殿下！」

「什麼殿……啊！」許三清不及細問，阿水抄起凳子就往他砸，許三清往地上一滾躲開，那大理石作凳面的紅木凳子「啪啦一聲裂成了好幾塊，若剛才被砸中，只怕腦子都被砸扁了。

一擊失手，阿水也沒有乘勝追擊，反而捂著一條手臂倉皇往屋子外跑，彷彿是被對手重創後逃命一般。

「阿水先生！」許三清連忙追上，卻又忌諱他那身工夫，還好他剛剛跑到門廊，便撞上了回來的蘇星南。

「星南，截住他！」

聽得許三清大叫，蘇星南以為阿水又發病了，便想把他拿下，卻不想阿水見了他，定住腳步冷笑了幾聲：「哼，方籬燕，你說我以邪法修行，現在你這渾身黑氣，又哪裡有面目見祖師門庭！」

「方太醫？」

蘇星南聽到方籬燕的名字一愣，隨即想起許三清曾說過方籬燕身帶黑氣，是大惡之氣。

龍虎山、正一教、太子殿下、方籬燕、許清漣、邪丹修行、移魂邪丹……線索像被鐵環扣了起來串成了一串，蘇星南一個失神，許清漣已經一腿踢來，直中胸口，蘇星南清楚聽到一陣骨裂聲，一個氣絕幾乎昏過去，卻還是死命抱住了許清漣的腳，把他拖到地上，反扣著他的腳踝把腿腳繞在一起，死死壓制。

「哇啊！什麼事？」

聽見吵雜聲跑出來的秦沐朗一出來就看見阿水跟蘇星南在地上打鬥，連忙跑過去勸架。阿水雖然神智不清，卻是對秦沐朗沒有戒備，三兩下便被他放倒了。阿水愣直著眼睛看著他，突然像被抽掉了筋，渾身一軟，暈倒在地。

「你們怎麼打起來了？」

秦沐朗把暈倒的阿水背到房間安置好，才皺著眉頭質問道：「你們不是說要給阿水治病嗎？這幾天不見有大夫，就看見你們整天拿什麼符咒書籍給他看問他話，你們分明是想問些什麼，根本不是為了給他治病！」

「不是的，剛才是……」

「對不起，我們明天就帶他去看大夫。」蘇星南打斷了許三清的話，「而且，我會帶他去看最好的大夫。」

「最好的大夫？你還請得動御醫？」

「就是御醫。」蘇星南沉下臉色道，「而且還是太醫院的首席御醫。」
許三清一愣，秦沐朗則是半信半疑：「你沒騙我？」
「絕無戲言。」蘇星南轉頭對許三清道，「師父，徒弟有事稟報。」
「哦哦，那到書房去吧。」許三清順勢接了話，馬上跟蘇星南到了書房，關起門來把剛才阿水的行為都告訴了他，「星南，阿水他應該是跟太子殿下在同一個道觀修煉的。而且，當初還有人想要用什麼奇特的方法給殿下強身健體，然後被方太醫識破，於是兩人爭執了起來，但是方太醫他怎麼成道士了呢？」
「而且，那天我們在他院子裡尋小姨的遺骨，你是用了八卦步的，他應該起碼看出了你的身分，卻也不向我們坦白……」
蘇星南踱了幾步，眉頭皺得更厲害了：「當日那個出逃的太醫，真的是他煉製邪丹嗎？那藥方是方籬燕提供給上官昧的，點出那一味奇怪藥材的也是他，但如果這是他栽贓嫁禍，那這邪丹，說不定就是他所做的。你看，詠真說過，那邪丹裡頭有凶獸的魂魄，不是道門高人做不到這樣的丹藥吧？而且他是宮中御醫之首，要什麼藥材都能得到，而要轉移的魂魄，詠真說是龍魂……」
「那就是太子殿下了！」許三清驚訝得叫了起來，「我明白了，太子殿下之所以那麼痛恨道教，不是因為他不信，而是他想用這種方法來給自己煉製邪丹，延長壽命，又怕被其他正道修真之人識破，所以才禁止道佛兩家講道宣揚！」

「師父，不要妄下定論。」蘇星南打斷許三清的猜測，「按照你的說法，方籬燕跟殿下是一夥才對，但剛才阿水卻說什麼今天你休想阻撓殿下，那說明他是反對殿下，起碼是反對這種邪法的吧？」

「啊，是啊，立場反了啊！」許三清意識到自己冤枉人了，不禁慚愧，「所以你才說，要讓方太醫給阿水治病，好逼他說出事情的真相？」

「我是這樣打算的。但是如果阿水見了他沒有反應，而他又矢口否認，堅持自己不認識阿水，那我們也沒有辦法。」蘇星南哀嘆道，「要是有能分辨一個人是否在說謊的道法就好了。」

「這個還真沒有……」許三清眨眨眼睛，「不過我有辦法可以讓方太醫說出真話！」

「哦？」蘇星南詫異地打量一下雙眼直發光的許三清，「真的？」

「嘿嘿，到時你就看我安排吧！」

方籬燕剛從宮裡回來就收到蘇星南的請帖，說自己家中來了一位重傷的朋友，希望方太醫援手云云。方籬燕見蘇星南今天早上連早朝都告假了，也沒有起疑，打點了藥箱便往蘇星南府邸去了。

一個伶俐的小僕帶方籬燕到偏廳坐了，奉上茶果便下去通傳。方籬燕放下藥箱，卻隱約覺得有一點不對。

若真有重傷之人急需醫治，蘇星南不親自來迎就算了，卻哪裡還有閒情讓他品茶？

方籬燕微微皺眉，捧起茶杯來輕啜一口。

色澤碧青，入口溫和，回味帶甘，茶葉條索緊細，連枝帶葉。

——龍虎山特產上清枝葉茶？

方籬燕一驚，只見一個青衣道袍的乾瘦之人慢慢走來，神情木訥地開口道：「燕子，這茶很久沒喝到了吧？」

方籬燕猛地跳將起來，驚訝得口唇發抖：「五師兄，你竟然還活著！」

「託你一直看不起的邪法，我還死不去。」進門來的人是阿水，不過現在可以確切地稱呼他為許清漣了。他動作遲緩，只站在那裡，僵硬地說道，「可惜成了這樣的活死人。」

「師兄，我早說過那邪法不可取，你執迷不悔，今日之事，只能算是你自作自受。」方籬燕長嘆一口氣，複又坐下了，倒了一杯上清枝葉，推到桌邊，「我們多年不見，有什麼過節，都先飲一杯再說吧。我真的很久沒有喝到枝茶了，四年、五年？哈，時間真是太快了。」

「你一口一個邪法，可你不還是墮落到現在的境地？」許清漣動作僵硬地坐下，卻沒有去拿茶杯，「我雖成了這個模樣，卻也比你落了個大惡之身要好。」

「一念為善，一念為惡，救人之時我是善，但我所救之人殺戮無數，就是我造的惡孽。」方籬燕端起茶杯來細細品味起來，「不過，若要我再做一次選擇，我還是會救人的，也許這就是所謂的執迷不悔。師兄，請茶吧。」

「……你為何要救太子殿下？」許清漣不動，「你當日不是大力阻撓過嗎？」

「你為何不喝茶？」方籬燕飲罷一杯，戀戀不捨地放下杯子，「是因為上清枝葉在龍虎山生成，自帶靈氣，你怕沾上一點，便會破了你的術法嗎？」

話音未落，方籬燕撚起那枝葉分明的茶葉，一個彈指直擊向許清漣眉間，許清漣全無躲避，茶葉穩穩黏了上去，後堂裡傳來一聲叫痛，下一刻，蘇星南已經搶出來把許清漣拉到身後，擋住了方籬燕掐向他喉嚨的手。

「方太醫，原來你不止會救人，還會殺人。」蘇星南把許清漣推到身後，後一步趕到的許三清跑過去護在他身邊，只見他額上還留著一點殷紅的血珠，未及平復的喘息也帶著真氣的紊亂，一看便是剛被破法了。

方籬燕搖頭：「我要殺他，你再快也趕不上。」說罷，又看許三清，「你們至少該把那隻魃妖叫來，就你一點小小的修為，在我面前賣弄傀儡術，也太看不起我了。」

「那天在林中破詠真招魂陣的人是你！」蘇星南攥得拳頭關節咯咯作響，「你是故意買下小姨的墳地，用散魂簪打散她魂魄，讓她無法說出我的身世，是不是！」

「是，是我。」方籬燕平淡承認，「反正我已經是大惡之人，再造多少惡孽，也無所謂了。」

「你！」蘇星南踏上一步，又死死忍住了，「你真的在用邪法為殿下治病續命？」

「殿下並不知情，我也沒有用什麼邪法。」方籬燕的視線越過蘇星南，打量起許清漣，「神智渙散，精神不聚，果然是廢了。怪我一時驚訝過度，竟然沒馬上識破，許三清多日不見，你道法依舊不濟啊。」

「我也不想來丟人現眼，但那就要怪那些道法高強的人，一個個都躲起來不當道士，只好讓我濫竽充數了。」許三清一邊吃力捉著因為恢復意識而亂動的許清漣，一邊反駁，「你既然說邪法一事與太子無關，那他為何對道教如此厭惡？即使他有什麼誤解，你為什麼不對他說出自己的身分，讓他明白我們道教中人並沒有欺神騙鬼，沒有擾亂世道人心？你就不覺得自己說話自相矛盾嗎？」

方籬燕仍是那副淡然的樣子，一點都不為許三清的指責而動容：「人本來就是一種自相矛盾的動物。饑荒的時候，既想自己活命，又想重要的人活命，可糧食只有一份，到底該讓自己還是他活呢？人不就是在這樣的重重矛盾中，才會想要修仙學道，解脫矛盾的困擾嗎？」

蘇星南似乎捉到了一點虛無的線索，但方籬燕說得太快，那短暫掠過心頭的一點疑惑便被掠了過去：「你到底是敵是友？」

「蘇大人，聽說你要辭官了。你們若是離開京城，無論是閒雲野鶴山長水闊，還是精研道法再起道壇，我都祝你們求仁得仁。」方籬燕轉身，拿起桌上茶壺，緩緩倒了一杯清茶，茶水拉成一道長長的極細的水流，落入杯子裡無聲無息，連水花都沒濺起一滴，「但如果你們繼續留在京城，只怕會有更多的事情發生，我唯一能跟你們保證的是，我也好，太子殿下也好，絕沒有一絲想要用別人生命身骨去延續性命的打算。」

「你……」

「這一杯茶，我是真正想奉給我五師兄的。」方籬燕雙手捧杯，踏前一步。

許三清跟蘇星南互看一眼，慢慢讓了開去，一左一右護著許清漣。

許清漣已經恢復那副瘋癲模樣，他縮在一角，警惕地看著走過來的方籬燕。

「師弟打師兄，無論如何都是忤逆。師兄，喝了這杯茶，就了了我們的塵緣跟道緣吧。」

方籬燕忽然一撩衣襬跪下了，站在兩邊的蘇星南跟許三清都不由自主地再挪開了點，方籬燕跟許清漣是師兄弟，也就是許三清師父許清衡那一輩的道人，這一跪他們可受不起。

許清漣雙眼猴子一樣轉來轉去，眼神飄忽著好像在找什麼人，對眼前的方籬燕視而不見，方籬燕皺了皺眉，把杯子遞得更高一些：「師兄，請喝茶。」

許清漣好像被這遞上來的杯子嚇到了，「啪」的一手打掉了茶杯，逃也似的直往後面廂房跑，方籬燕起身欲追，就被許三清攔住了。

「方太醫，他已經是個傻子，認不出你了，你就讓他去吧。」許三清攔住方籬燕，語氣也比之前溫和了些，「我還有一件事想要請問，你認識我師父許清衡嗎？他名字就跟許清漣差一個字，應該與你們同輩。」

方籬燕想了想：「我並沒有聽說過這樣一個人，我們入了道門便是用的道名，或者只是俗家姓名，但我不知道。」

「那你是否聽說過鎮魂鈴？」

「鎮魂鈴？」方籬燕驚訝道，「你所說的，不是道門的法器鎮魂鈴，而是那一件傳說能固魂定魄的寶貝吧？」

「是是是，就是它，我師父在遺言裡說這是我們的門派寶物，但流失在外，他叮囑我一定要找回來，但我不知道它長什麼樣子，也不知道它是如何流失的。」許三清清清嗓子，「我相信你的承諾，我決定走遍大江南北去尋鎮魂鈴，重新振興門派，不靠你們這些諸多雜念的高手了。」

「哈，小小道童，志氣卻不小。」方籬燕笑了笑，「我也只是聽過傳聞，未曾見過。」

「那……」

「我並不是你們的朋友。」方籬燕拍拍衣衫，扔下這麼一句話便拿起藥箱離開了，「好自為之。」

第三十七章

許三清跟蘇星南面面相覷了好一會，許三清才扁著嘴嘟囔：「他讓我們好自為之什麼啊，我們又沒要做什麼傷天害理的事情。」

「師父，我有一件事要告訴你。」蘇星南嘆口氣，拉許三清坐下，「那日我進宮見了殿下，其實殿下曾經跟我說過，他對道教道術的看法。」

「咦？」許三清一把捉住蘇星南的手，「殿下跟你說了？你怎麼不告訴我！」

「我不知道該怎麼告訴你。」蘇星南深呼吸一口氣，「殿下他當時字面上跟我說，他是不相信道術真有此能耐，但我再一試探，他卻是如果學習道術以後真能讓人有通天徹地的本領，那他就更加應該禁止，以防有人以術法亂綱紀。」

許三清好一會兒才反應過來：「你的意思是，如果我們真的證明了自己的真本事，反而會招來真正的滅教之災？」

「所以我不敢告訴你。」

蘇星南起身，緩緩跪下，「請師父責罰。」

要是從前，許三清一定生氣得吵吵鬧鬧地追著蘇星南打，但現在他經歷了這麼多的變故，脾氣已經不再那麼一燒就著了，他茫然地站起來走了兩個圈：「就是說，我再努力修行，也只是徒勞？」

「……真相還沒有完全弄清楚，當年一定還發生了其他的事情，我們先查清楚再說。」

「但是殿下他對當年的事情是清楚的，就算我們知道了，也無法改變歷史，無法改變他的想法。」許三清目光空茫，他搖搖頭，推開蘇星南的拉扯，徑直走回自己房間，蘇星南一直跟著他，卻也被他關在了門外。

「只要努力修道，向皇上跟太子證明道教的實力，就可以光復門楣」，這是支持許三清一路堅持過來的信仰。但如今，他一直堅持的信仰被連根拔起，他不知道自己還要修什麼道，為什麼而修道。

是啊，我到底是為什麼而修道呢？

許三清呆呆地看著自己那個從不離身的布包，裡頭有最常用的銅錢、符紙、赤硝、檬黃，還有書本。他時時記得有空就背口訣記手印，他知道自己天資淺薄，所以一定要將勤補拙。

但是我那麼勤奮，又是為了什麼呢？

師父修道，因為他想幫助天下有困難的人；蘭一修道，因為他想成仙；詠真修道，因為他要遵守諾言。

我呢，我是為了師父的遺願而修道，但是，要實現師父的遺願，我卻是不該修這道啊！

我到底，是為了什麼而努力啊？

許三清頭痛欲裂，他抱著頭蹲下，閉著眼睛，捂著耳朵，不聽、不看、不想。

當絕望如黑夜般籠罩，在一片看不到出路的黑暗之中，你還想要捉住的，到底是什麼呢？

「這魚蒸半炷香就好了，還有，再去春香樓打包兩個紅燒元蹄。」蘇星南鮮少地出現在廚房裡，使喚著小僕們張羅飯食，「這瑤柱羹看好火，千萬別燒焦了。」

「知道了，大人放心。」

小僕們全是靈巧俐落的手腳，蘇星南剛剛吩咐過，就已經忙了開來，蘇星南看了一會兒，才放心離開。

他知道許三清現在什麼都聽不進去的，也不打算跟他說些無甚作用的大道理，他只想做一桌子他喜歡吃的東西，如果他願意吃飯，那應該也不算太壞。

蘇星南看看時辰，已近午時，他想許三清應該也餓了，便打算換了這身帶煙火氣的衣服就去喊許三清吃飯。

卻不想推開房門便看見許三清垂著頭坐在他床上，他嚇了一跳，連忙跑過去蹲在他腳邊問：「師父，你怎麼了？找我嗎？」

「你還記得，我跟你說過，我不知道我想要的到底是什麼，所以我很害怕選擇，怕自己選錯了嗎？」許三清站起來，也扶著蘇星南站起來，「我現在，可以選了。」

「你……」

「我只有你可以選了。」許三清說著，一踮腳尖，把唇貼上了蘇星南的嘴。

「嗯?!」蘇星南猛地瞪大了眼睛，他捉住許三清的肩把他推開，「你這話……」

「我只有你了！」許三清扶著蘇星南的肩膀又再吻了上去，舌尖生澀地撬他的嘴，一手扶著他的肩，一手貼在他頸後摩擦。

「我……」

蘇星南剛想開口，就被許三清探進舌頭來堵住了。事情到這個地步，蘇星南也強硬不起來了，他摟上許三清的腰，從回應變成誘導，捲著他的舌，抵著尖端柔軟的部分廝磨，把他壓回自己嘴裡。

蘇星南的舌很快便占滿了許三清的嘴，舌尖舌底能感受到嫩肉都被靈巧地摩擦過，磨出一片濕滑的唾液，而後便掃過了貝齒下粉紅的牙肉，直激得許三清腿腳一軟，猛力捉緊他的肩膀才沒滑下去。

肩上捉抓的痛，對於現在的蘇星南而言連蚊子咬都不算，他黏膩地廝磨著，翻攪著許三清滿嘴嘖嘖作響的唇色，情不自禁地按住他的臉，指尖捏弄著他小巧的耳垂，忽然一轉臉，含住他的耳垂拉扯。

許三清腿腳全軟了，腿間卻是硬了，他想伸手去摸，但兩人靠得如此緊密，全無縫隙讓他下手，他只能往蘇星南腿上貼，隔著衣衫摩擦，似渴求，似挑逗。

蘇星南也覺察了他的意圖，卻不允他擼動，手從他腰間滑下，包著他的臀把他按向自己，輕輕重重地揉弄著，唇上也沒放鬆，含著許三清的耳垂吮咬一會，便探進了他耳朵。

許三清渾身一抖，彷彿那濕熱的柔軟不是在舔他的耳朵，而是伸進別的什麼小洞裡一樣，繞著薄薄的耳廓遊走，熾熱的情欲喘息清晰得如同他的心跳，他難耐地扭動，卻怎麼都掙脫不開蘇星南的鉗制。

胯下事物已經把褲子頂出一片潮濕，層層衣衫的磨刮是雪上加霜，許三清無法伸手去弄，只得抱住蘇星南的背，痙攣一般地蹭弄著，大口呼吸，喘息呻吟。

但對方卻像完全不理解他的痛苦，仍然只是緊緊箍著他的腰，一面大力揉搓著他緊繃臀肉，好讓他貼得更緊，一面仍不放過他的耳朵，舔吻挑逗，百般撩弄，舌尖過處一片酥麻，直直癢到許三清心裡去。

許三清用力抱緊蘇星南，綳緊腿腳，夾著蘇星南使勁搖動腰肢，像不知廉恥地發情求歡的狗，巴不得把兩人的衣衫都給扯掉，來個真刀真劍穿刺，但蘇星南只把他抱緊，不斷吮吻著他脆弱敏感的耳朵，甚至連乳尖也不給他撫摸一下，他被這炙熱的情欲折磨得失聲大叫，似哭非哭地大聲呻吟著，渾身哆嗦著，竟是碰也沒碰一下，就這樣洩了。

洩身以後許三清整個軟在了蘇星南懷裡，蘇星南才抱著他坐到床邊。濁物把兩人的褲子都弄濕了，許三清趴在他懷裡，伸手去摸蘇星南的，卻發現他只是微微挺起，並不太過情動。

「三清。」蘇星南捉住他的手，「你現在好點了沒有？」

「嗯？」

「你冷靜一點了嗎？」蘇星南輕輕摩挲著他的背，也順勢把他拉開了。

許三清一愣，連忙道：「我、我不是因為心情不好所以要你服侍我……我是、我是……」

「我知道你選了我了，我很高興，真的。」蘇星南拇指撫過許三清的唇，按在他半張的嘴角上，「但你不是只剩下我，我可以陪你逍遙山水，我也願意陪你鑽研道法，只要那是你真心希望要的，我都會陪你。」

「鑽研道法有什麼用，殿下他……」

「還有一件事可以左右他。」蘇星南深呼吸一口氣，「你還記得你給我摸過骨相，你說我至少是個麒麟骨相，而且眼為紫眸，必是人中龍鳳嗎？」

「我當然記得。」許三清奇怪道，「那又怎麼樣？」

「……小姨的魂魄被方籬燕打散時，她正打算告訴我，我的身世祕密，雖然我不能肯定，但看方籬燕如此緊張，我想，我其實是聖上的私生子……而且我比太子殿下早幾個月出生。」

許三清眼珠子都快瞪得掉下來了：「你不是在開玩笑？」

蘇星南捏捏他的臉：「我怎麼可能拿這事開玩笑？」

「那你、那你是想要威脅殿下，如果不解除打壓道教的做法，就、就……」

蘇星南搖頭：「不，我不會這樣做。」

「那……」

「三清，我覺得，也許太子殿下跟我們一樣，對當年的事情並不完全知曉。」蘇星南捉住他的手，「我是要拿這件事當籌碼，讓方籬燕說出真相。我看他對殿下十分忠心，他一定不希望殿下知道自己非是嫡子正統，也不希望殿下陷進爭權奪位的苦惱裡。」

許三清輕嘆口氣：「真的是這樣嗎？」

「只能希望是這樣。」蘇星南想了想，「三清，你明天跟我進宮一趟吧，其實我還有事想讓你看看。」

「什麼事？」

「之前你曾經說過我從宮中回來後身染死氣，而方籬燕又是道術高手，我懷疑他是不是研究什麼不是邪法，卻也不是好事的方法去醫治殿下。」蘇星南道，「我讓小僕們張羅一套小太監的官服來，你明天喬裝成小太監，我藉故去他太醫院轉一圈，看能不能捉到他什麼把柄。」

「好。」許三清點點頭，剛動了動身子，就覺得腿間一片黏膩，不禁臉上緋紅，猛地抽回手來，支支吾吾道，「我、我先，先去整理一下……」

「三清！」蘇星南眼明手快，一把拉住要奪門逃跑的許三清，「等查明了真相，解決了一切，你願不願意跟我繼續剛才沒做完的事？」

心口砰砰直響，許三清巴不得找個地洞鑽進去，但蘇星南拽得他緊，他無法掙脫，兩人僵持一會，他終於深呼吸一口氣，轉過身子去，飛快在蘇星南額上啄了一口。

蘇星南呼吸一窒，手上力氣也鬆開了，許三清趁機用力一掙，飛快地跑了出去。

許三清跑出去以後好一會，蘇星南的手都還是定在半空，他本以為許三清是因為信念受到了衝擊所以一時失落才會尋求安慰，但剛才那一吻，是許三清在清醒而理智的情況下給他的。

他忽然有點後悔剛才停下來了。

不過沒關係的，他們還有很多很多的下一次啊。

翌日，許三清便喬裝成小太監的模樣，躲在馬車裡隨蘇星南一起進宮去了。

「三清，不要東張西望。」眼看許三清被眼前宏偉壯麗的皇宮唬得雙眼發直，蘇星南低聲提醒他道，「低著頭走路，不要跟任何人有眼神接觸，遇到什麼事反正先跪下不作聲，有人問你身分，你就說自己是外派到蘇少卿府上幫工的小僕。我給你的腰牌帶著了嗎？」

「嗯，帶著了。」許三清本來不怎麼緊張的，被蘇星南這麼一吩咐，也不由得精神緊繃了起來，「我一直跟著你就可以了是不是？」

蘇星南停住腳步，猛地把他拉到一道門廊後頭，緊緊把他抱住了：「我會一直在你身邊的。」

兩人從前也不是沒有過親密的舉動，但今天蘇星南官服嚴裝，比往日更多三分威嚴，許三清卻是換了太監下僕的裝束，這換裝帶來的陌生感，還有這做壞事一般的祕密罪惡感，讓許三清心跳加速，猛吞了兩下口水，才點點頭道：「我會聽話。」

蘇星南進宮是以參見太子殿下為理由的，所以得先往羲和宮一趟。初到羲和宮時，許三清也跟蘇星南一樣，被滿屋滿室的玉石嚇了一跳，但他馬上就看出了這些都是暖玉美玉，就算聚了陰氣成了靈，也不會是壞的，但到底對身體不太好，不知道為什麼方籬燕也不提醒太子殿下撤走一些。

李欽今天精神不錯，見了蘇星南，很高興地拉著他談論課稅改革的事宜，蘇星南微微鞠個躬，推辭道：「殿下，微臣是刑事官，課稅事宜不是微臣範圍，不敢妄加評論。」

李欽笑道：「蘇大人竟然會謙虛，真是少見，那我今日聽聞你想要辭官之事，是真有其事了？」

站在門口的許三清聽到這句話，不禁微微抬頭往裡間瞄了瞄，蘇星南沉默了一會，沒有解釋，只是深深地作了個揖：「辜負殿下期望了。」

李欽嘆口氣：「不說你才華橫溢，就算我們從小一起長大的情誼吧，我也覺得有點可惜。不過人各有志，我知道你一定有自己的原因。不說掃興話了，來看我最近收的幾件玉器吧。」

「殿下，你還記得我說的那位對玉器十分沉迷的朋友嗎？」蘇星南避重就輕道，「他跟我說，玉有靈性，所以也有心性，如果一個屋子裡有太多的玉器，它們會互相嫉妒，色澤會變得陰沉難看，所以讓我勸太子把這些美玉分散到各個宮殿才比較好。」

「哈哈，這言論我還是第一次聽說呢。」李欽哈哈大笑，蘇星南裝模作樣跟他討論了一會政事，便說自己最近身體不好，想請太子口諭，讓他到太醫院去看一看病，李欽訝異道，「你也會生病？」

「肉體凡胎，哪有不生病的道理？」

李欽忽然笑了，只是笑容有點淡淡的淒涼：「我從小都羨慕你身手矯健才思敏捷呢。如今看你病了，倒是有三分安慰，想叫你多病幾天。」

「殿下……」

「哈哈，玩笑而已，去吧，若他們怠慢你，叫他們好看。」

從義和宮出來，許三清瞧了瞧四周無人，才走上兩步低聲跟蘇星南說話：「殿下倒不是壞人，就是身體也太差了，常人都有的三把火，他都只剩下火苗了。」

「殿下若不是身體不好，也不會送他到龍虎山學道練武了，只是……」蘇星南嘆口氣，許三清不懂政事，但也看得出來，蘇星南很欣賞李欽，他是絕對不會把自己的身世告訴別人，為他增加煩惱的。

那方籬燕呢，方籬燕也是因為這個原因，才從阻撓太子變成支持太子的嗎？

兩人沉默著低頭走路，不久便到了太醫院，不巧遇上幾個同僚，便在門房裡跟他們寒暄了幾句。

許三清看著他們帶著的侍從都乖乖地退開幾步，不去聽主人說話的內容，便也學著他們退後幾步。他估計這裡不過是個看病的地方，便悄悄抬眼四處打量起來。

眼角餘光看到一抹明黃，目光便自然地追了上去。

但當他看清楚那人時，只覺一瞬如遭雷擊，什麼都顧不上了，飛快拔腿追上那個人。

蘇星南聽到身後急促的步伐時便就立刻轉身，卻是已經不見了許三清的人影了。

第三十八章

詠真大老遠就聞到上官昧那討厭的氣息了。

上官昧這幾天雷打不動到雲壇來尋歡作樂，起初詠真以為他在為秦沐朗的事情吃醋故意來給他臉色看，可接連幾天他都只是在大廳裡叫幾個姑娘唱曲弄琴，喝到大家都摟著個人去辦事了他就搖搖晃晃地離開了，連抬頭看看三樓的舉動也沒有。

今天也一樣，上官昧在大廳裡靠著個姑娘的香肩，便用指節扣著節奏聽另一個姑娘唱曲了，他一邊聽一邊喝酒，偶爾跟她們調笑嬉鬧，鶯聲笑語，好不風流快活。

詠真心中嗤笑，這樣的激將法也未免太老套了。

可就算這麼老套，他也無法控制自己不去留意上官昧的舉動。

煩，煩死了。

詠真冷冷哼了一聲，一揮衣袖抹了銅鏡上映出來的景象，推開門來，走到欄杆邊上，長腿一抬，便跨坐在欄杆上，黑色袍子下連件褻衣也無，他毫不在乎，屈起一條腿來，便捧著一把紅瓜子嗑了起來。

指尖夾起一顆豔紅，湊到薄紅的唇邊，咧開一個微笑一般的弧度，一顆顆珍珠似的白牙點著那紅紅的尖兒，「喀」的一小聲，便露出了裡頭雪白的肉，然後粉嫩的舌尖一舔，那白肉兒便落進紅潤濡濕的空間裡，只剩兩瓣紅衣，隨著嘴唇的翕合，飄飄落下，有的掉到地上，有的掉在衣衫上，他也不拂，就任這點點紅梅落了一身。

大廳裡所有的客人都忍不住吞了吞口水，腦子裡瘋狂地幻想起那紅唇舔咬別的東西的情境。有喝得三分醉意的，已經被這旖旎沖昏了神智，撲到地上捧著那些瓜子皮大口大口舔了起來，好像這樣就能親到詠真的一分溫香。

上官昧也一樣，他支著頭好整以暇地看著詠真剝瓜子，懶洋洋地舉起酒杯，作個「請」的姿勢，仰頭喝盡。

唇紅齒白之類的詞跟上官昧拉不上關係，但他仍是十分英俊的讀書人，舉手投足又帶著天生的慵懶，一抬頭一張嘴，喉結一動，已然勾起詠真燒心般的情欲。

一杯飲罷，上官昧身邊的姑娘便趕緊給他滿上，但剛要勸酒，一瓣瓜子皮便擲到了杯子裡，濺起的酒花嚇得姑娘停住了手腳，不知道該繼續奉酒好還是換一杯好。

詠真懶洋洋地扔下來一句話：「酒都倒好了，不喝多可惜，春雪，妳喝了吧。」

平日裡詠真也不是仗著紅就欺負人的性格，最多是有點高傲罷了，今天卻刻意為難起這個春雪姑娘，春雪不知就裡，以為自己哪裡得罪了他，手腳都哆嗦了起來，連忙聽話把那帶著瓜子皮的酒給喝了下去。

上官昧劍眉一挑，摟住春雪的腰就親了下去，春雪眼睛猛地睜大，隨後便透出了一陣心馳神蕩的陶醉，正要呻吟出聲，上官昧便放開了她，朝詠真抬頭，伸出了舌。

舌尖上正是那片瓜子皮。

上官昧挑釁似的瞇起了那雙狐狸眼，舌尖一轉，把瓜子皮吐到地上。

詠真算是被他完全激怒了，一拂衣襬跳下欄杆，轉身回房，「砰」的關上了房門。

雲壇的頭牌詠真，一向是想接客就接，不想接就即使雲壇上下都被刀架住了脖子他也不出來一步的。大家都習慣了他的飄忽，也縱容他的喜怒不定，是以再望門興嘆了一會後，便也散了去了。

上官昧也就繼續喝他的酒了，到了一更天，大廳裡已經沒有多少人了，他才放下銀兩，搖搖晃晃地往門外走。

一步，兩步，三步，倒。

「哎喲，上官大人，你今晚還是在這裡歇息吧。」春雪滿心歡喜，上官昧來頭不小，這幾天都沒有留過宿，若是自己能成為他的紅顏……

可惜這算盤剛剛打響，就被人淋了一頭冷水，春雪還沒把人抱牢，懷裡就空了：「詠、詠真先生……」

「人給我，花銀我給妳雙倍。」

「可規矩……」

「哦？規矩？」詠真一邊給上官昧別了別鬢髮，一邊眼波流轉地瞄了春雪一眼。

「沒、沒什麼，春雪不打擾先生了。」春雪脊背生寒，匆匆忙忙跑回了自己房間。

詠真倒不急，他提著上官昧的衣領，拖麻袋一樣把他拖上三樓，儘管還在醉酒，上官昧也還是有知覺的，他哎哎呀呀地叫痛掙扎，但詠真的手像鐵爪一樣捉緊他不放，如此拖了一路，上官昧背上全是青青紫紫的瘀痕了。

「哼！」詠真摔開門，把上官昧往床上一扔就騎上去脫他衣服，「看我今天不吸乾你！」

「嗚啊！」上官昧背上發痛，頭暈腦脹，再被詠真一壓，頓時胃海翻波，一把推開壓在自己身上的重物，扒著床沿吐了起來。

酸腐臭味讓詠真倒退十步，好了，這下他是完全做不下去了，看著上官昧吐完了就心安理得地趴在他床上睡覺，詠真哭笑不得：「你根本就沒醉，你是故意吐我一床，好讓我無法下手是不是？」

上官昧全然不知詠真說什麼，他拽過一個枕頭抱住，臉往上蹭了蹭，十分舒坦。

詠真嘆口氣，弄來一堆沙子把那穢物蓋了掃走，才拿了塊濕帕子，坐到床頭去。

「我只是不想讓你弄髒我的被鋪。」詠真輕輕呢喃，輕手輕腳地給他擦臉擦嘴。

上官昧翻了個身，大字形躺在床上，嘴巴不停地碎碎地動著，好像在說什麼，詠真沒聽清楚，便撩起頭髮，把耳朵湊到他嘴邊，想聽他到底在說什麼夢話。

「……多謝。」

嗯？還懂得說謝謝？

「多謝娘……」

豈有此理原來是把我當娘了！

「多謝娘子！」

「嗯?!」詠真剛剛聽清，便被人摟住腰桿，一陣天旋地轉，已是和上官昧換了個上下，他愣了一下，露出一個笑容來，「你想要，我一定給，用不著騙我。」

「娘子，洞房花燭之前也得先拜天地高堂啊。」上官昧哪裡還有一點醉酒的樣子，「你看你，獨守空房三四天就忍不住了，怎麼就還是忍得住那三個字呢？」

詠真還是笑：「可我的丈夫不止你一個，我是人盡可夫。」

「口是心非是小娘子的特權，相公就不逼你了。」上官昧這次卻沒有像之前那樣強迫他，「但是作為條件，你得回答我一個問題。」
「好笑了，我答應你什麼了你還跟我提條件？」
「我是不是長得有點像那個枕草？」
詠真沒想到上官昧竟是問了這麼一個問題，愣了一下，剛想說一點不像，卻是在開口的時候皺起了眉頭。
是不像的，枕草勤勉踏實，上官昧懶散狡猾，精神氣一看就是兩個人，詠真從前也根本沒去想這個問題，但現在上官昧這麼一問，他才第一次留意起上官昧眼耳口鼻拆開來都是個什麼樣。
帶笑的狐狸眼，俊秀的眉峰，細白臉皮，嘴角彎彎。
詠真詫異得紅唇微張，像，何止像，簡直就是同一張臉！
他竟然一直都沒人認出，上官昧竟然長得跟枕草一模一樣。
詠真被這個發現驚得久久說不出話來，上官昧看著目定口呆的樣子，便垂下眼睛來嘆氣：「我就知道，要不你也不會第一次看見我就強暴我了。」
「我一直以為你多少也是喜歡我的，才會以為自己也有跟他比一比的分量。」上官昧起來，在床邊坐了，「唉，原來是自作多情，你看著我，想著的卻是他。」

詠真只覺得耳邊鬧哄哄，他看得見上官昧的嘴巴在動，卻聽不見他說話。

他整副心神都還在糾結著，為什麼自己竟然連枕草的樣子也沒認出來。他明明每天每夜都在想著他，做任何事情都是為了等他再次出現，一百年來一直對他念念不忘，可是他怎麼就是忘了枕草長什麼樣子呢？

難道我念念不忘的只是自己的痴情，只是我曾經愛過人的感動，我只是要記住自己已經受過傷了，所以不能再去愛人，再讓自己受傷害嗎？

他需要的，到底是枕草這個人，還是讓自己免於情愛的咒符而已？

「詠真？」上官昧見詠真久久沒有回應，便回頭來看他，卻見他直挺挺地躺在床上，雙目圓瞪，眼角卻不知何時滑下了兩行淚。

「詠真？你怎麼了？」上官昧扯起衣袖來給他擦眼淚，「說不過就哭，你還真成小娘子了？」

詠真也不知自己在哭什麼，他捉住上官昧的手，勾住他的脖子，在他臉上印了一個吻：「對不起。」

詠真也不知道自己到底在為什麼道歉，但上官昧已經自動把這句對不起當作了「我把你當作替身對不起」的省略，他嘆口氣，捉住詠真的手躺在他身邊，把他抱到自己懷裡：「算了，是我讓你選的，那既然你不選我，我也輸得心服口服。」

詠真一言不發，他用力抱緊上官昧，卻還是止不住微微顫抖。他甚至不敢問上官昧的生辰八字。

測出來是他，他就離不開他了，可是這樣的話，上官昧便更加認定自己只是替身，他那獨占欲如此離譜的個性，哪裡容忍得了當替身？

可如果測出來不是他，他難道就可以不管他了嗎？

詠真覺得自己陷進了天羅地網，枕草讓他上天無路，上官昧讓他入地無門。

「總之你先好好睡一覺吧。」上官昧忽然低下頭來在他耳邊說道，「被挫傷了元氣，又被我氣了幾天，一定睡不好吧？什麼都別管了，先睡好好睡一覺吧，乖。」

詠真被他最後那句「乖」給膩得翻了個白眼，但上官昧反正看不到，他只好往他懷裡鑽了鑽，竟然就真的湧起了困倦。

沒有青丘的血海，沒有仇恨的煎熬，沒有道與非道的責難，他像還沒有產生意識那時候一樣，蜷成一團沒有憂喜的混沌，在上官昧懷裡睡了過去。

這個對於詠真來說很寧靜的晚上似乎一眨眼便到了盡頭，他聽到嘈吵聲睜開眼睛時，上官昧也已經揉著眼睛坐起來了。

「什麼聲音？」剛睡醒的上官昧聲音有點沙啞，性感得詠真一把勾過他脖子就吻了上去。

於是蘇星南一腳踹開門以後便僵住了，硬是在門口急急剎住腳步，背轉身去，非禮勿視。

「蘇星南？」上官昧拉開詠真，跳下床，「怎麼一大早闖雲壇來？」

蘇星南眼角餘光瞄到兩人衣著齊整，才轉過身來：「詠真先生，請你幫我個忙。三清不見了，請你幫我開水鏡找他！」

「嗯？」詠真舔舔嘴巴，這才完全清醒過來，「你說三清不見了？怎麼回事？」

蘇星南把自己帶許三清進宮的前後事宜說了：「我在宮中找了好久也沒找到，回家也看不見他，小僕都說他沒有回來過。」

上官昧給他倒了杯水，安撫道：「他是不是發現了什麼線索，所以混進某個宮苑的太監裡打探，沒來得及通知你？」

「不會，我已經跟各宮各院的領班太監打點過，他們各自點過名，都沒有發現多了人。」

「該不會是那個方太醫把他捉走了吧？」詠真聽說那個人就是破他陣法的高人，

頓時心生芥蒂。

「方籬燕要對三清不利，多得是機會下手，不必趁他入宮才動手，在宮中動手他反而容易落人話柄。」蘇星南頓了頓，「我連自己老家都回去過了，可是他不在，他哪裡都不在！」

「別激動，你慌了，小道長就真找不著了。」上官昧拍拍他肩膀，又望向詠真，「你能找到小道長嗎？」

詠真皺著眉頭，仔細考量了一遍才開口道：「……也不是不行，但三清在宮裡失蹤，我就算開水鏡，也是要在皇宮裡尋覓，先不說那天子龍氣到底對術法有多大的影響，就你說的那個方太醫，他也不可能一點小手腳也沒有動過吧？光憑水鏡，天眼這種小法術，我覺得未必能找到三清。」

連把「天眼通」當作小法術的詠真都猶豫了，蘇星南就更加不知所措了：「那要怎麼辦？還有其他方法嗎？我看見書中有提及尋人鶴跟認路蜂，也是找尋失蹤之人用的。」

「那種有形的小東西，不是更容易破解嗎？」詠真眨眨眼，「其實你們進宮也不過是想找到真相，但除了那個方太醫，那個阿水不也知道嗎？我看我們乾脆來個釜底抽薪，我想辦法把阿水離散的精神氣聚攏，讓他恢復神智，起碼讓他說出真相，我們才好對症下藥，要不即使找到了三清所在的地方，不知道對方到底是何方神聖，我們貿然去救人也很危險。」

蘇星南疑惑道：「可是阿水是瘋了，並不是撞邪……這也能靠道術治療？」

「所謂的瘋了，就是精氣神潰散，不能聚合，所以時而人的精神主導，說話有條有理，時而動物的本能氣息主導，不似人形，只要把精氣神重新聚合在一起，就能恢復神智，但撐不了多長時間，我會盡量拖延，好讓他把事情交代清楚。」

「那就勞煩詠真先生到我家一趟了。」蘇星南無奈道，「阿水瘋癲起來的時候誰的話都不聽，只聽秦大哥的話，他們正好在我家中安歇。」

提到秦沐朗的名字，蘇星南忽然頓了頓，不知道該不該告訴上官昧那夜詠真想要找秦沐朗采補的事情，詠真卻是先他一步，坦然道：「嗯，那秦沐朗我睡過了，也沒什麼新鮮，不知道那個阿水到底圖他什麼好。」

上官昧更坦然了：「是啊，還下床就翻臉無情，這種人真是要不得。」

「嘖嘖，上官大人難道就不是下床無情了？」詠真斜挑眼眉瞪他。

「胡說，我是床上也很無情。」上官昧也斜過眼睛來回應。

「詠真先生，你有什麼東西要置辦的請寫下清單，我一定盡快備齊。」蘇星南可沒心情看他們打情罵俏，「三清已經不見了一夜了！」

「嗯，我打點齊整就來。」

詠真斂起風流神情，稍作整頓，便往蘇星南府上去，準備為阿水彙聚精魂了。

第三十九章

秦沐朗再見詠真，心情很複雜，特別是看到他親親暱暱地跟上官昧靠在一起時，心裡更加不是滋味。

上官昧還是眉眼彎彎地看著他笑，可秦沐朗總覺得那笑容像充滿敵意的狐狸齜牙咧嘴，於是他乾脆別過眼光，只去看阿水了。

阿水被他哄到一個貼滿奇怪符咒的椅子上，他坐立不安地上頭扭動身子，扯著秦沐朗的衣袖嗚嗚啊啊地說著些什麼，秦沐朗安慰他幾句，便向蘇星南問道：「你不是說要讓太醫來給阿水治病嗎？怎麼讓詠真先生來了，這能行嗎？」

「詠真先生很有本事的，我們就先聽他的，如果還不行，我就去請太醫。」蘇星南盡量溫和地跟秦沐朗解釋，他自然知道秦沐朗見到詠真有多不自然，他只想他不要忽然發火不配合，阿水只聽他的，待會要是有什麼閃失，不知道又會生出多少事端，「為了不讓阿水亂動，我想我要把他綁起來，你幫我安撫著他，讓他不要害怕行嗎？」

「怎麼還要綁人？」秦沐朗詫異道，「這個我可勸不了，誰要拿個麻繩綁你，你都得掙扎害怕吧？」

「這……」

「無妨。」詠真走了過來，他換了一身黑色道袍，長髮也挽起了髮髻，除了腰上一條風騷的紅腰帶，真有那麼幾分得道高人的模樣，他輕輕拍了拍阿水的肩膀，他頓時就定住不動了，「這樣就行了。」

「啊！」定身咒，蘇星南拍了拍自己臉頰，他真的急得有點亂了，連這麼簡單的方法都想不起來，「嗯，詠真先生，現在日正當空，是不是該等到晚上？」

「死人陰氣就要晚上招，生人的精神當然是趁著陽氣盛的時候才好鼓動。」詠真看也沒看一眼秦沐朗，徑直走到了陣法前。

阿水被定在那張貼滿符咒的椅子上，椅子則處於一個用赤硝畫出來的陣法陣眼中，死人魂魄再厲害也是死人，大不了殺了就是，但生人不一樣，搞出什麼禍端來，落到非殺不可的下場，可是會折了自己的功德的。他們修真的最怕這種，一切須微毫末的事情，到天劫來臨的時候可是會千百倍地還到自己身上。詠真平日懶理世事，不想攬禍上身，但這次受害的是許三清，他不能不救，只能嚴陣以待，不出一絲錯漏了。

上官昧晃啊晃地晃到了詠真身後，握了握他的手：「不要勉強，方法不會只有一個。」

「我沒有勉強，只是慎重一點而已。」詠真本想慣例鬥鬥嘴，但手心被握住時傳來的溫熱讓他整個人都快融化了，啊啊啊，快點搞定這事吧，完了以後不管上官昧願不願意他都要把他扔床上搞上三天三夜。

上官昧看他眼泛桃花，便咳咳兩聲鬆開手，退到陣法之外。

一切停當，詠真收拾心神，拿起拂塵，一邊念誦口訣，一邊繞著阿水踱步，步子時快時急，錯落紛繁，蘇星南看了一會，便想起在典籍裡看過的識懺回魂術。

回魂跟招魂一字之差，差別卻是巨大。招魂只是把離去的魂魄召回，那魂魄可能已經消失，也可能遭受過折磨，所以有時候會失敗，有時候會招來凶魂；但回魂不只是魂魄歸來，而且是完整的，跟生人在世時一模一樣的意識。

施術者不光要尋到三魂七魄，更要把那些騷擾魂魄的怨氣陰氣戾氣等等都隔絕，以自己的修為作一個過濾，擋住那些冤屈對魂魄的侵蝕，稍有不穩定，不禁魂魄回不來，施術者自己的靈力也會受到汙染，輕則折損功德，重則被徹底汙染墮落，是以取名「識懺」，行此術法者，要先做好後悔懺悔的心理準備，怨不得天地怨不得人。

蘇星南認出回魂術以後，眉頭皺得更緊了，他握緊了從刑部借來的殺生刃，時刻警惕著為詠真護法。

詠真踏著識懺步繞了大步圈，屋子裡忽然平地起風，捲著陣眼嘩啦啦啦作響，詠真不理，仍自踏步作法，風勢隨即越急，幾乎把貼在椅子上的符咒給掀了下來。阿水雖然不能動彈，但他眼睛已經瞪得牛眼一樣大了，若不是早把他定住，此時一定滿屋子亂逃了。

蘇星南隱約感到一陣寒意，知道是那些離散於天地間的邪祟想要趁回魂間隙把阿水的魂魄纏住，搶奪肉身，他手執刀刃舞個劍花，念起淨化口訣，逐一將其驅散。

從前許三清在的時候，每次施行術法他都是抱著新鮮好玩的心態看待，總覺得哪怕失敗了，也還有其他補救的方法。但現在他真真切切地體會到了只許成功的背水一戰的決絕。

他總感覺，如果失敗了，他就要永遠失去許三清了。

「識我舊途，魂歸來兮！」

最後一步，回歸起點，識懺步踏過的地方兀然迸發出一陣藍光，詠真臉上又一次浮現出道印跟妖印，但這次顯然道印更加清晰，他一邊壓制著妖力，一邊催發道術，額角都冒出了細微的青筋！

上官昧不覺握緊了拳頭，眉頭緊皺。

而秦沐朗，他更多的目光是落在阿水身上的。他被一層幾乎深厚得彷彿凝結成了牆體的藍色真氣圍在中間，一絲絲青藍色的精氣神被那藍色真氣帶動，慢慢在陣眼裡彙聚，片刻之後凝成了一個青藍色的光球，在他天靈上徘徊。

詠真咬牙，凌空一抽拂塵，發出一聲裂帛般的響聲，那光球往下一沉，竟自天靈，「嗖」的融進了阿水的身軀。

那道真氣牆幾乎在同時便飛散開來，分明是沒有實體的靈氣，卻像刀劍一般在四周落下了一道道刻痕，蘇星南跟秦沐朗習武使然，紛紛作出防護姿勢，真氣滑過他們的衣衫，盡數割裂！

上官昧卻沒有一絲遲疑就迎著那真氣碎片往前衝，一把撈著搖搖欲墜的詠真，把他護在懷裡。

詠真搖搖頭道：「不礙事。」

「那就好。」上官昧也不肉麻，待那些真氣全都消弭以後，就放開了他，抬手擦了擦臉頰上的血跡。

眾人的目光都集中到了那張椅子上。強大的真氣衝擊下，定身咒早被破去了，阿水垂著手腳癱坐在椅子上，垂著腦袋閉著眼，一副半死不活的樣子。秦沐朗吞了吞口水，喊了兩聲「阿水」。

然後那人就真的慢慢睜開眼睛了。

之所以說那人，是因為光是這一雙眼睛裡頭的光彩，便足夠證明，這人不再是阿水了。

蘇星南快步搶前，在他跟前作揖道：「正一教六百零一代傳人許清衡門下徒孫蘇星南，見過前輩。」

「許清衡門下？」聲音依舊略帶沙啞，卻是不緊不慢地淡定，「喔，對了，你是許三清的弟子，許三清是許清衡的弟子。」

「前輩還記得……」蘇星南想了想，「還記得自己失去意識時的事情？」

「記得，卻恍如夢境，阿水，我許清漣竟然這樣活了這些年，太不可思議了。」

許清漣慢慢坐直身子，轉過頭去看秦沐朗，「秦大哥……」

「你、你真的好了？」秦沐朗一時之間說不出什麼話來，這人是阿水呢，還是許清漣呢，「都記起來了？」

「嗯，都記起來了，但我也沒有忘記這些年來你對我的照顧。」許清漣伸出手，瘦骨嶙峋，卻十分堅定有力地握住了秦沐朗的手，「多謝你。」

「說什麼傻話。」秦沐朗眼眶一熱，就那麼握住阿水的手，滾下了兩行熱淚。

「許前輩，晚輩冒昧，請你告知當年真相。」蘇星南跪了下去，「既然你都記得這些年來的事，那你一定知道這些年來朝廷對修真門派的打壓，道教首當其衝，龍虎山是當日太子殿下修行之地，殿下跟你應該分屬同門，到底當年發生了什麼事，致使殿下如此極端？現在許三清也在宮裡失蹤了，唯有知道當年真相，我們才不至於一頭霧水，連敵人到底是誰都不知道。」

提及龍虎山，許清漣的臉色一下就沉了下去，他皺著眉頭，似在沉思過往：「是啊……當年的事情……實在是禍害連天。唉，我記起來了，我還見過燕子……」

「嗯，是我們帶方籬燕來，想試探他，但他始終不肯說實話。」蘇星南懇求道，「前輩，三清已經不見了一天一夜了，他的真誠你也知道，請你幫幫我們，說出真相吧！」

這個真相，不光是解救許三清的人，更是解救他的心，唯有知道真相，這場滅道之劫才能看到曙光，許三清才能繼續前進。蘇星南自始至終，的而且確是想要輔佐許三清光復門楣的。

許清漣長嘆了一口氣，對秦沐朗說了聲「我想喝水」，秦沐朗點頭去給他倒了水來，他才慢慢說了起來：「這事情，要從很多年前太子殿下李欽，成了我們天師教的小師弟開始說起。」

「那時他入山，雖然是說來讓他強身健體，但山上凡是有些眼力的都看得出來，這小太子的陽火弱得很，怕是要夭折的，大家心知肚明他是來求續命的法子的，但我們看他年幼，都不捨得告訴他真相。我們雖然都是修的天師道，但燕子，也就是你們現在認識的方籬燕方太醫，他卻一直醉心丹鼎之術，不過他煉丹造藥都是正道正門的，沒有用什麼邪藥妖物，所以師父也不管他，但是有一天，分支門派的一個師叔，許清衡師叔，也就是你的師公，到了龍虎山。」

「許清衡真人去過龍虎山？什麼時候的事情？」蘇星南一驚，連忙問道。

「好像是……五年前？總之在師叔離去不久以後，燕子就忽然性情大變，躲起來煉丹，還強迫太子殿下服食，我們都以為他是走火入魔，便把他鎖住，卻不想太子服食了丹藥後，身體的確有所好轉，但從此對燕子言聽計從，師父認為燕子煉的是邪藥，要把他逐出師門，沒想到……」

許清漣說到這，痛苦地掐住了胸口，蘇星南明白了大半：「方籬燕被逐出師門後對此懷恨在心，於是待太子回到朝廷，就煽動他滅道毀教？」

「何止如此，朝廷軍隊還來圍剿了龍虎山天師教總壇。」

上官昧大驚：「如此大事，怎麼會無人知曉？」

「他們深夜襲擊，又在河水裡下了毒！」許清漣氣得猛烈咳嗽起來，「天師教被一夜滅絕！師兄師弟們的慘叫，燒紅了夜色的火焰。我截住了方籬燕，想要跟他同歸於盡，但終究不敵，被他打成重傷，掉進了瀑布。但我命不該絕，竟然沒死，還能遇到你們這些仍然心繫道統的好孩子，這是天意讓我報仇！讓我親手殺掉那個畜生！」

「前輩不要激動，現在你的身體，也不適合如此大動肝火。」蘇星南站起來，習慣性地踱起步來思考，「難道真的是方籬燕把三清捉走了？可是他為什麼要捉走三清，師公曾經找過他，難道……」

「小道長不是一直在嚷嚷要找回什麼鎮派寶物嗎？」上官昧插話，「會不會是你師公在龍虎山作客時，被方籬燕給搶走了？」

「咦？」一言驚醒夢中人，蘇星南一拍額頭，「是了！三清說過，師公在他十二歲那年忽然說要去做一件大事，回來以後不久就去世了。想必他是察覺到有人想要擾亂天家，所以趕去制止，但卻不敵方籬燕，鬱鬱而終了！」

上官昧不解：「但是，如果他連你師公都不怕，又何必捉走小道長呢，他成不了什麼氣候啊？」

「剛才你所說的鎮派寶物，可是鎮魂鈴？」許清漣向蘇星南問道。

「正是。」蘇星南急忙請教，「前輩知道此物？」

「鎮魂鈴本來是龍虎山師祖們留下的寶物之一，只給派中出色到可獨當一面的弟子。不過這鎮魂鈴的使用法子有點邪門，師門並沒有外傳，怎麼會成了許清衡師叔的門派寶物？」許清漣道，「但不管如何，若鎮魂鈴真落進了方籬燕手中，那三清師姪的性命就危險了。」

蘇星南一身冷汗：「此話何來？」

「鎮魂鈴一響，任何冤魂野鬼的魂魄都會被鎖定在肉身裡不能作惡，本意是好的，但有貪戀長壽的人，則會使用鎮魂鈴把死去的魂魄鎖定在肉身裡。」許清漣說著，勉力撐起身子站起來，「人的魂魄之力十分強大，鎮魂鈴在定住人的魂體時，將會被催動到極致，若此時尋一童子，將他心頭熱血灑到鎮魂鈴上，那魂魄便被定死了，再也不會離開肉體，是以童子一命，換鎮魂人一命的邪法！」

蘇星南大驚：「那我們該往何處救人？」

「這鎮魂術一定要在月圓之夜才能進行，昨天是十四，今晚子時之前我們一定要救出三清。」許清漣說著，往門外一指，直指向那巍峨皇城，「蘇大人，這是誅九族的大罪，你可想好？」

「蘇星南一輩子跟孤兒沒什麼區別，三清是我師父，也是我唯一的親人。」蘇星南笑笑，回頭對上官昧道，「九代單傳，你就待在這吧，我可不要對不起你那麼多的祖宗。」

上官昧抓抓鬢髮：「你這話……唉，算了，捨命陪君子，反正我早就不打算要香火延續了。」

詠真瞇著眼睛看著他們，不說話。

「你去哪裡，我就去哪裡！」秦沐朗道，「可是我們這麼多人，能混進皇宮嗎？」

「我們這裡有兩個大理寺少卿，帶那麼五、六個侍從進宮還不至於被人盤問。」

蘇星南剛說完，詠真就開口了：「你們進了宮，又如何能知道三清在哪裡？」

許清漣道：「龍虎山道人的氣息我是一定不會認錯的，只要他開始施法，我就能尋到他。」

「喔，原來如此。」

「那我們修整一下，養精蓄銳，傍晚便入宮吧！」許清漣長嘆口氣，走到門邊仰望宮闈，「雖然晚了很多年，始終是要做一場了結了。」

許清漣蒼涼的語氣讓眾人沉默了，但此時，一隻指甲圓潤的纖纖玉手從後搭上了許清漣的肩膀，重重地按了下去，「我給你一炷香的時間，你繼續鬼話連篇，我能收聚你的魂魄，自然也能打散！」

許清漣回頭，鄙夷地掙開詠真的手：「區區狐彪，已饒你不死，還要作孽！」

「詠真先生？」蘇星南詫異，正要上前為兩人解圍，忽然一道白色的飛影掠過，直取詠真後心！

「噗」的一聲，刺入血肉！

蘇星南急忙回身躲閃，只見秦沐朗已經舉起手來對上自己，手臂上是一排鋒利的袖中箭！

上官昧齜牙咧嘴，血像流水一樣從後心湧出來：「媽的，這回虧本虧大了！」

第四十章

許清漣渾身炸出金光，詠真急忙抽手卻被一股強大的真氣吸著不能動彈，上官昧撲上為他擋了這一箭，蘇星南剛想救援就被秦沐朗一排袖箭對準了，而許清漣快速回手一掌擊中詠真胸膛，把他跟抱著他後背的上官昧一起打飛了出去。

這一切變故都在那支白色袖箭飛出到貫入間發生，一眨眼工夫，上官昧跟詠真重傷，蘇星南被挾持，局面全落入了許清漣和秦沐朗兩人的控制！

上官昧撐著一口氣點了自己幾個大穴，但那支袖箭完全貫穿了他胸肺，他是在自己胸膛上握住了那袖箭的尾羽，才沒讓那袖箭把他跟詠真射程串燒，此刻他胸口一個血淋淋的小洞，血流不止！

詠真幾乎被那一掌震碎了狐丹，大口黑紅的血從嘴角淌下，可他已顧不上內傷了，他一把抱住上官昧，就要給他施法止血。

「哎呀，好重情重義的狐狸精。」許清漣冷嗖嗖地諷刺道，「只是你再運真氣，那顆狐丹怕既要碎了啊。」

上官昧雖是極痛，卻並未暈倒，聞言馬上握住了詠真的手，皺著眉搖頭。

「放手！」詠真厲聲喝斥，完全不管許清漣的嘲諷，「我不准你死，我不准你又扔下我一次！」

「我……不是他。」上官昧一說話就覺得胸口灌進來一陣陣冷風，冷得他臉色發白，「你，繼續等他……我，不等你了……」

「你閉嘴！」詠真說著，一口堵上了他的嘴，一陣紅光從他心口往嘴巴移動，慢慢從他口中轉移到上官昧嘴裡，滑入喉嚨，消失無蹤。

那血洞仍在咕嚕嚕地沁血，但上官昧卻覺得身體暖和了起來，眼皮也不那麼重了：「你……」

「狐丹都捨得給，你既然這麼愛他，何苦來招惹我？」秦沐朗用袖箭把蘇星南逼到許清漣身邊，許清漣使個定身咒把他定住，他走到詠真身邊，搖頭嘆氣。

「這狐妖是修行到了瓶頸，才找你來雙修，他不過是要吸你精元，就你還傻乎乎地以為他看上你了。」許清漣搖頭，把地上那把殺生刃拋給秦沐朗，「你差點因色誤事了。」

詠真那集合青丘數以萬計的狐狸精氣，又修煉了上百年的狐丹融入上官昧體內，上官昧那傷口止住了血，就連痛楚也不甚厲害了，詠真卻是像被抽了筋，一下跌坐在地上，連抬手都乏力，他鑽進上官昧懷裡，斜挑著眼尾看秦沐朗。

秦沐朗被他這一眼柔情給觸動了一下，他以刀尖挑起詠真的下巴，問道：「如果你只是想找人雙修，我願意陪你修煉，只要你答應我不插手這件事，我就放你一條生路。」

「秦沐朗！」許清漣喝道，「別自作主張！」

秦沐朗不理他，仍是看著詠真：「你答不答應？」

詠真轉了個媚眼，笑道：「你那活兒不好使，我不要。」

上官昧本來想好的勸詠真的詞一瞬間都噎住了，忍不住大笑起來，秦沐朗臉都漲成豬肝色了，猛地抽回刀刃，起手便往詠真頭上劈去。

詠真自知在劫難逃，也不閃躲，他用力抱緊上官昧，用力吸了一口氣。他得記住這股味道，哪怕下輩子成了貓狗燕雀，他也要循著這股味道回來。

刀刃劈下，卻是不見了一截，「叮噹」一聲脆響，斷裂的那一半刀鋒掉在上官昧腳邊。

上官昧跟蘇星南同時驚叫：「方太醫?!」

方籬燕指尖捏著那刀刃中斷，刀刃正是從他指下斷裂，輕輕一揚手，秦沐朗便倒退了幾步。他看了看秦沐朗，又看了看許清漣，淡然道：「原來如此。」

「好師弟，不叫一聲師兄嗎？」

驚叫出聲以後，蘇星南才發現壓在自己身上的定身咒已經解除了，但許清漣沒有給他一絲喘息的機會，乾瘦的手鐵爪一般掐住了蘇星南的蝴蝶骨，遏制著他真氣，不讓他動武。

「許清漣，你已經被逐出師門了，上次我叫你一聲師兄是舊情，但上次也已經還清了。」方籬燕扔了一個小藥瓶到上官昧懷裡，「給他服下。」

上官昧沒有一刻遲疑，倒出藥丸便塞進詠真嘴裡：「多謝。」

「上次我破陣傷了他，這次算補償了。」方籬燕說罷，就往許清漣踏上一步，「放了蘇星南。」

「你明知道不可能。」許清漣忽然笑道，「燕子，現在你也一樣為殿下效命，我們是一路人。」

「我跟你們不一樣！」方籬燕猛揮衣袖，一陣勁風颳起，打斷了他的話，「在我眼中所有人的性命都一樣重要，不像你們！」

「連仙班都有三六九等分，燕子，何必騙自己呢？讓一個好皇帝活命，就是救了千萬條人命。」

許清漣捏著蘇星南往門外退，蘇星南勉力頑抗：「你到底是什麼身分，既然你目標是我，那你放了三清，我跟你走！」

許清漣嘆氣：「真可惜啊，蘇大人，任你聰明蓋世，始終還是得不到一個真相。」

「你……」一陣刺麻從手臂傳來，卻是秦沐朗朝他打了一發塗了麻藥的袖箭，蘇星南頓時頭暈眼花，許清漣隨手一砸他就暈了過去。

方籬燕見狀，一聲不響便飛身掠了過去想要把蘇星南搶回來，秦沐朗袖箭先發，把他擋了一擋，那瞬間工夫，許清漣便畫掌成陣，一個五鬼運財陣便扯著蘇星南「嗖」的消失無蹤。

秦沐朗也早已經躍上瓦背逃脫，方籬燕稍作遲疑，也畫了一個陣法追上，滿堂狼藉裡就剩下上官昧跟詠真兩個大眼瞪小眼，完全摸不清狀況。

上官昧想要站起來，卻被詠真一把拉住了：「你不是要追去皇宮吧？」

「不止三清，連星南都被捉了，我怎麼能……唉！」上官昧一句話沒說完，詠真用力往他背上一拍，雖然說有狐丹護身，上官昧也還是痛得直抽涼氣，「你幹什麼！」

「莫說你現在這個樣子，就算你龍精虎猛又有什麼用？你知不知道龍虎山在道教裡是什麼概念？他們是張天師直屬派系裡名望實力最高的那些人。一個離魂散魄了好幾年的人，剛剛恢復過來就能把我們弄得那麼狼狽，你就算追過去，又有什麼用？徒然讓對方多了一個威脅用的人質罷了。」

詠真吞了方籬燕給的藥丹，竟也慢慢回過氣來，他拉上官昧坐下，把手按在他胸口上，他跟自己的狐丹有靈力呼應，一陣暖流從上官昧身體裡湧起，帶動著詠真的真氣遊走，上官昧不覺握住他的手，和他並肩療傷：「但是星南……」

「一切看他造化了，我們只是肉身凡胎，總有做不到的事的。」詠真看上官昧依舊眉頭深鎖，便嘆口氣，靠進他懷裡，「你要是覺得內疚，我就陪你內疚一輩子，以後只吃齋不吃肉，逢年過節，初一十五，都跟你一起懷念他們。」

「……怎麼，救命之恩，打算以身相許？」上官昧此時百感交集，不知道該喜還是憂。

詠真抬頭看著他，真奇怪，明明是一樣的眉眼，為什麼自己看著他的時候，就一刻都沒把他跟枕草重疊在一起呢？

「你跟他一點都不像。」

「嗯？」

「我只是想跟你做，所以才跟你做。剛才我以為你要死了，我以後都不能跟你親熱了，我第一次覺得活著真的一點意思都沒有了。」

詠真只是坦白說出自己的感受，他不懂上官昧到底想從他那裡得到怎麼徹底的感情，他只能把自己真正的感受說出來，如果這樣上官昧也還是嫌棄他不夠真誠，那他就真的無能為力了。

「我跟枕草沒有做過，他死了，我想世界上起碼還有歡愛這件事能令我快樂，但是如果你死了，世界上就連做愛也沒有樂趣了，我真的，就不想活了。」

上官昧仔細地聽著，仔細地看著，他生怕他錯看錯聽一個細節，便又被這狡猾的狐狸精騙了去，但、但好像、好像他說的，都是真的啊！

「我不知道你要求的一生一世一心一意是什麼，我以後也還是會記得枕草，記得他曾經為了渡我向善而付出過多少，但我從此以後只跟你一個人做，我的狐丹就留在你身體裡，我們同生共命，鬥嘴做愛，直到我們都活膩了就一起等天雷把我們劈成飛灰，魂飛魄散，就只有這一世恩愛。這樣，你覺得可以了嗎？上官大人。」

詠真一口氣說完，說得自己都微微喘氣了，他垂著眼睛安靜地等上官昧的回答，從來未有過的忐忑與焦急比傷口更痛，無聲無息地炙痛著他的心。

好一會兒，上官昧才開口道，語氣裡百般不情願：「我總覺得，我還是虧本了⋯⋯我不光要賠上我家九代單傳的香火，還要賠上自己輪迴再世的機緣，就只為了你一個，而且你還是會記得那個枕草，你說，我是不是虧大了？」

詠真覺得胸口被猛抓了一把，面無血色地抬起頭來：「那這樁交易，看來是做不成了啊，上官大人。」

「除非你再答應我一個條件吧！」

「嗯？」

「你以後化作女子形貌，改頭換面，讓我大紅花轎，三書六禮把你迎娶進門，好歹讓我死了也有個人陪葬，你看這樣行不行啊？詠真先生。」上官昧笑了，捏著他的下巴，親了一下他的嘴角，「蓋印了啊，不許反悔了。」

詠真直愣愣地看著上官昧，直到唇上覆蓋了溫度才回過神來。

他笑了，眼角一仰，竟掉下了一顆滾燙的眼淚。

狐妖，你知道嗎？愛，也是一種本能。

枕草離開的第一百年十一個月零三天，詠真終於明白他這句話的意思了。

他環上上官昧的脖子：「好。」

第四十一章

許三清做了個夢。

他夢見自己還是個六七歲的小孩，剛剛被師父收入門下。師父對他要求很嚴格，每天都要他在手腕腳腕上綁著幾斤重的沙包進行鍛鍊。開始的一兩年裡他還不懂事，不是看在有口飽飯吃的分上才不會跟著這個破道士，每天鍛鍊也是心不甘情不願的，沒少在心裡賭氣等他長大了就逃跑。

直到那次他發高燒，師父衣不解帶地照顧他，他才知道師父有多麼重視他，關心他，玉不琢不成器，而師父卻連他這塊石頭都沒有放棄，全心全意地想要把自己培養起來。

他模模糊糊地記得，那時候師父一邊給他敷冷毛巾，一邊在他耳邊說著絮絮叨叨著類似「你一定要好好長大，你一定會成才」的話，儘管已經想不起一點兒確切的內容，卻讓他第一次感覺到了「親情」是怎麼樣的感覺。

耳邊好像又聽到當日的話，只是語調似乎比以前更滄桑，感情比以前更深沉了。

——師父，是你嗎？

許三清緊皺著眉頭想要睜開眼睛，但還是敵不過那層層疊疊的困倦與疲累，只能垂著腦袋，繼續在渾噩的意識裡浮沉。

天色已經全然昏暗了下去，蘇星南艱難地睜開眼睛，麻藥的效果還沒有過去，他半邊身子都沒有感覺。

但他是早就醒了過來的，他聽見了輒輒的馬車聲，還有許清漣跟秦沐朗低聲商談什麼的聲音。他很想聽清楚他們在說什麼，但來去也不過聽到了皇上太子，移魂龍骨這些他早就知道，卻不知道該如何串連起來的詞語。

蘇星南甩了甩左手，撐起半邊身子來張望。許清漣他們不知道把他帶到了什麼地方，四周一片昏暗，靠著蠟黃色的燭光，只看得出這是一間氣派非凡的廂房，自己身下的床榻也是綿綢布料，想來他們是把他帶進皇宮裡了。

蘇星南體力不支，又跌回床上，他皺著眉頭，腦筋飛快地運轉著，想要理清楚事情的因由，但無論如何他都無法想清楚。於是他乾脆放棄了思考，深呼吸一口氣，調動起體內真氣，想要逼出殘留的麻藥。

儘管他靈氣受損無法施行道法，但武功卻還是一流的，片刻過後，刺刺麻麻的酸痛在身體裡密集地爆發，他低喝一聲，渾身都冒出了熱汗。

總算把麻藥逼出了。蘇星南鬆了口氣，抬手擦了擦額上的汗，眼神卻是一下銳利了起來。

——有人。

蘇星南閉眼躺下，裝出還受制於痲藥的樣子，暗提真氣，想待那人走近再偷襲。

氣息逐漸近了，初時雜亂，應有數人，但片刻後，便聽見了開門關門的聲音，只剩下一人的氣息了。

那人氣息混亂，步履虛浮，不似武功高手，應該只是個來看守的嘍囉。但他卻在房中亂碰亂撞，又不像清醒之人。

難道也是跟他一樣，被許清漣他們捉來的人？

蘇星南起疑，悄悄瞇起眼睛來偷看，卻不想本來在房間裡亂跑的人像忽然發現了目標一樣，往他直衝了過來！

蘇星南一躍而起，一掌就往對方頭上劈去。

掌風凌厲，「呼」的吹開那人披散一臉的亂髮。

那人卻是許三清！

蘇星南急忙收掌，真氣逆衝得他渾身筋骨膨脹，他半跪在床上捂著胸口，嘩啦一下吐了一口鮮血出來。

「星南、星南……」許三清披頭散髮，那身小太監衣裝只剩下一件裡衣單衫，赤著腳，雖不像受了什麼嚴刑逼供，但也狼狽得很，他爬上床去，摟住蘇星南的脖子連聲呼喊，「星南、星南……」

「三清，沒事了，我在，不用怕。」蘇星南以為他受驚了，拍著他的背安撫道，「這裡是什麼地方？是皇宮吧？剛才把你押進來的人有幾個？現在在哪裡？那個許清漣不是好人，我們先離開我再跟你解釋……三清？」蘇星南詫異地按住許三清的手，他正在解他的衣服，「你怎麼？」

「星南……」許三清抬起頭來看他，烏黑的眼珠子蒙著一層迷離的水氣，「我好難過……星南，我好難受，你幫幫我、幫幫我……」一邊說著，他便坐直了身子，把兩片薄唇貼上了蘇星南的嘴。

蘇星南來不及推卻，便已察覺到許三清貼過來的身體滾燙如火了，他眉頭一皺，把他拉開，捉住他的肩胛骨道：「你別動，我幫你把媚藥逼出來。」

「什麼？」許三清使勁睜了睜眼睛，但眼前的景象卻是越發迷濛，他握住蘇星南的手，把臉貼在他掌心上蹭，「我中毒了嗎？好難受、好難受……」

許三清的臉軟綿溫熱，蘇星南像摸到了烙鐵一樣連忙抽回手，不再跟他多講，擒著他肩膀讓他坐好，就往他背心裡灌入真氣，想把媚藥給逼出來。

真氣入體，像許三清這樣修習過養生練氣的人，理當自然吸納，存入氣海，再運行周身，但許三清卻是慘叫一聲，嘴角湧出鮮血，像被酷刑折磨一般震傷了，蘇星南立刻撤手，扼住他的手腕聽他脈搏，卻無異常。

「三清，他們破你氣海了？」蘇星南指了指許三清肚臍下兩指處的氣海穴，若是被破了氣海，以後就只能修習拳腳工夫，再也不能凝聚真氣，雖然不是徹底廢除武功，但以後也絕無興風作浪的本事，多數門派把弟子逐出門外時都會選擇這種較為仁慈的做法。

「我不知道。」許三清滿臉通紅，捉住蘇星南的手往下一按，「你、你幫我弄出來好不好……」

蘇星南皺眉，對方花那麼大工夫把他捉過來，難道就是為了讓他慰藉許三清嗎？若是說想要破了他的童子身，也該找個女子，再說許三清那淺薄的修為就算不破身，也不及許清漣一成。

無論原因是什麼，但既然對方眼下想要的就是讓他跟許三清交合，那他就絕對不能遂了他們的意願，要不就更接近他們想要達到的最終目的了。

「三清，你抱著我，別動，我幫你弄出來。」蘇星南想之前他也幫許三清做過，若只是幫他自瀆，應無大礙，只別讓自己失控就好了，「我幫你，但你別挑逗我，知道嗎？」

「知道、知道，你快點弄，快點。」許三清說著，便已拽著蘇星南的手伸進了單褲裡，發出一聲纏綿的呻吟。

明知道許三清是被迷藥所制才會如此淫亂，但蘇星南還是忍不住覺得一陣目眩。許三清仍是那張稚氣未脫的臉，但瞇起的眼角處，堆砌起了情欲的深紅，他仰頭背靠在蘇星南懷裡，岔開雙腿任他套弄，薄唇隨著撫弄的節奏翕合開張，濕紅的舌無意識地舔弄著乾燥的唇，吞吐呼吸著氾濫潮熱的氣息，呼在蘇星南頸脖間，酥麻得撩人。

蘇星南別過眼神去，深呼吸一口氣，強自鎮定著繼續手中的動作，為了快點讓他發洩出來，他分出一手探進他鬆垮的領口，揉捏起他胸前乳點。

許三清的喘息果然抽動了起來，那米粒大小的果實在蘇星南的搔刮下快速挺立了起來，衣服的布料私有還無地摩擦著，細微刺痛著的快感讓他稍稍回了一下神，但他隨即發現自己竟是這樣一副哀求歡好的情貌，頓時羞得渾身發抖，雙腿也不禁攏了起來，卻是馬上被用力掐了一下，又再被拉了開來。

「別怕，很快就結束了。」蘇星南低頭在他耳邊輕輕一吻，揪住他乳尖擰捏的同時加快了動作，不停壓迫他沁出情液的小孔。

猛然加劇的愛撫讓許三清忘情呻吟了起來，他不停地掙扎，在蘇星南懷裡扭得像條活魚：「不行，還不行！裡面也要、裡面也要！」

「嗯？」蘇星南還沒回過神來，許三清已經往下一滑，枕在他腿上，抬起腰臀往自己後穴裡探了兩根手指進去。

如此情境，蘇星南只覺腦海裡劈里啪啦地燒起了火花，乾脆把許三清推倒在床上，俯身含住他那筆挺的分身，一邊吞吐，一邊看著他用自己的手指抽插後穴，細長的指節逐漸帶著了濕漉漉的水澤，蘇星南知道他不該看，卻是著魔一般盯著了移不開視線，喉嚨裡發出一聲低沉而無力嘶吼後，他猛地捉住他的手，併著自己的兩根指頭，一同擠了進去。

許三清嗚咽一聲便完全接納了蘇星南，穴裡大概是因為媚藥的關係，柔軟濕潤得像沼澤，蘇星南只覺自己的理智被吸著不斷往下沉，而原始欲望卻是不斷地往上升，胯下越來越硬熱了起來。

許三清不知道什麼時候轉了方向，極致的情欲已經完全磨蝕了他的理智跟廉恥，他嗅到了陽剛的味道，是強烈催情的麝香，便想也不想地伸手一捉，扯下蘇星南的褲子，握住那抬頭的雄性象徵吸吮了起來。

「嗯！」蘇星南吁了一口氣，想阻止也來不及，更何況也不想，不覺沉了沉胯下，好讓許三清吞得更深。

若說蘇星南真的完全不想要許三清那也是假話，哪個男人面對心上人的求歡能忍得住？他全憑一點像被蛛絲懸著的危險的理智知道無論如何不能做完，即使許三清那粉色的小穴已經漫出滿滿的淫水，已經可以讓他放進四根手指盡情搔刮玩弄，他也還是咬著牙強忍。

所以當許三清含住他的時候，他倒是鬆了口氣的，只是在嘴巴裡的話，應該沒有關係吧？

他這個推斷其實全無根據，只是在這種情況下非常無奈的揣測。要是說犯淫行，這種程度的行為就已經完全足夠被逐出師門了，什麼樣的交合方式又有什麼不同？

蘇星南覺得自己的腦袋被撕開了兩邊，一邊是火熱灼人的情動，一邊是涼入肌骨的恐慌，在這場歡愛後會有什麼驚濤駭浪在等著他們呢？

但這樣的恐怖反讓眼前的情愛多了一種及時行樂的激情。

蘇星南微微往後看了看，許三清毫無技巧，但他一見到他那張小嘴正含著自己的分身努力地吞吐，快感便如千層萬重的海浪席捲而來，他坐了起來，托著許三清的下巴，往那溫熱的口腔裡深入挺進。

噴發出來的體液嗆得許三清連連咳嗽，蘇星南抽出仍半挺的分身，許三清卻揚起頭追上，跪在他腿間，一邊捧著吮吸，一邊繼續套弄自己微微顫抖著的硬挺。

蘇星南一邊撫著許三清柔軟的頭髮，一邊愛憐地撫著他的背，把主動權都交給了他。

越來越多的液體被許三清弄了出來，蘇星南感覺手掌下的身體一陣發抖，一會以後便軟在了床榻上。

蘇星南喘著氣平復下來，把許三清抱了起來，只見他糊了一臉斑駁的情液，神情饜足地睡著了。

蘇星南不知道是自己心思骯髒還是怎麼了，忽然覺得許三清整個人的氣質都不同了，一瞬間從一朵小白花變成了曼陀羅，卻又不同於詠真那股胭脂粉豔。

「我不想在這樣的情況下的，對不起。」蘇星南嘆口氣，拉過被單來擦了擦兩人身體，剛剛收拾妥當，便覺得四下逐漸光亮了起來。鑲嵌在牆壁上的油燈兀自一盞盞亮起，蘇星南這才看清楚了自己身處的是一處寢宮。

說是寢宮也有不妥，因為這裡間建築風格雖然跟皇宮一樣奢華繁複，卻沒有浩蕩大氣的皇威皇風，四周窗門緊閉，即便是開間闊偌，也給人一種逼仄之感。

蘇星南一個哆嗦，不對，這不是寢宮，是陵寢！

第四十二章

「牡丹花下死，做鬼也風流啊，蘇大人。」

一陣哂笑從黑暗中傳來，蘇星南扶許三清躺好，蓋上被子，才不慌不忙地下了床，背手身後道：「我以為許道長只擅長裝瘋扮傻，原來對房中術也有研究啊。」

許清漣聽他語帶嘲諷，也不惱，輕笑中帶著一股鄙夷的憐憫：「方才還緊張得要命，見著了師父就冷靜了，真是師徒情深，放心吧，這次你們一定死在一起，沒一個能逃。」

蘇星南心中一沉，臉上仍保持著冷淡：「能把我弄到這陵寢裡，你一定是為陛下辦事的，但你可想清楚了，陛下若真要用我換太子，這二十多年了怎麼不換，非要等到我懂得反抗才換？許道長，我勸你不要妄自揣度聖意，先帶我去見了陛下再說，以免摸了逆鱗。」

「你以為你還走得出這個陵寢？」

「你退下吧。」

兩個聲音同時響起，蘇星南一愣，卻見許清漣身後那一塊黑影裡竟然還藏著另一個人，而自己卻完全沒察覺到他的氣息。

那人自黑暗中逐漸顯出臉容，鬢髮半白，神情陰鬱。

「皇上……」

雖然早已做好心理準備，但親眼看見李珩走到許清漣身邊，許清漣恭敬退下的時候，蘇星南還是忍不住出語諷刺：「君要臣死，皇上要拿草民為太子殿下移魂，何需如此費勁，下道聖旨就是了。喔，這聖旨要怎麼寫好？奉天承運，皇帝召曰，大理寺少卿蘇星南圖謀作反，以下犯上，特賜死刑？是要刺毒酒還是白綾？毒酒會讓屍體發黑，繯首也會在脖子上留下痕跡，只怕配不上太子殿下啊。」

李珩略一皺眉，便深深嘆了口氣道：「你果然是知道了，對嗎？」

「不要裝糊塗了，蘇承逸再恨母親跟小姨，也不會讓不明就裡的人在他家屬墳地上推平墳頭建個房子住，他最丟不起臉面，這只能是你的安排。」蘇星南冷笑道，「你讓方籬燕在那裡住，用散魂簪解除小姨的怨氣，監視她的動靜，當我去找尋身世時，他就打散了她的魂魄。其實我不明白，這麼多年了，你真要拿我這個雜種去換李欽一命，何必等到今天才動手？」

「你不是雜種！」李珩突然打斷蘇星南的話，幾乎是咬著牙一字一頓地重複，「你不是雜種。」

蘇星南一愣，一時不知道是該感動多一些，還是該怨恨多一些，他喉結滾動，強迫自己鎮定下來繼續想辦法逃生，但當他看進李珩的眼睛，發現那裡頭也是真切的哀痛時，還是止不住攥緊了拳頭。

「我跟清婉並不是你想的那樣。」李珩嘆口氣，時候到了，是該要向他懺悔坦白了，「我跟她是情投意合的，只可惜相逢恨晚，她那時已是郡王王妃，我們一直發乎情止於禮，但那日宮宴我們都喝多了。星南，如果真是我強迫，以你母親剛烈的性格，又怎麼會想方設法把你生下來，還要蘇輕紅一直保護你呢？」

「我不知道我母親是什麼性格，我從來沒有機會知道。」蘇星南聲音微微顫抖了起來，「死無對證，你要怎麼辯白我無從分曉，但我知道，我，還有世上大部分的人，都不會殺害自己和愛人的孩兒。」

「因為他們不是皇帝。」李珩道，「我也希望自己能像普通父母一樣享受天倫之樂，但我是皇帝，欽兒是太子，他一直那麼勤奮用功，愛民如子，也不是眼光短淺之輩，如果他比你早幾個月出生，是真龍命格，就算受盡天下人指責，我也一定會把你接回來認祖歸宗，可他卻比你晚了兩月出生，成了螭龍命格，卻要肩負天子之任，才會把他壓得越來越孱弱，再這樣下去他活不過二十五歲，國不可無君，這都是逃不過的命！」

蘇星南想要反駁，卻說不出話來，李欽會是一個明君，他自然知道，但，就因為如此，他就要為他的帝王路灑上心血嗎？

如果是讓他去浴血沙場，換他寶座安穩，他二話不說提劍就去。但現在如此，他不甘心，卻說不上他在不甘什麼。

「為什麼你不在我年幼之時下手？」蘇星南苦笑，「為什麼你不趁我無知懵懂，不知道國家天下的時候下手？那樣，起碼我可以毫無保留地去怨恨，可以痛痛快快地咒罵，不必像現在這樣，如萬箭穿心，卻仍咬著牙告訴自己你做的是對的，連一絲憤恨都不能說，不能說！」

「是我對不起你。」李珩長嘆一口氣，往前數步，好像想要把這個從未得到過父愛的兒子一個擁抱，卻終於還是停在了五步開外的距離，「這裡的陳設全是按照太子東宮的標準來建造的，門窗桌椅，雕花裝飾，字畫琴棋，全是你喜歡的。」

「所以你把許三清捉走，給他下迷藥，送他來給我陪葬？」蘇星南總算明白許三清為何會被捉了，苦澀的笑容裡不覺多了兩分憤怒，「哈，你對我真好、真好！可我不要，你給的一切我都不要。太子身分也好，宮殿陵寢也好，就算是我喜歡的人也好，只要是你給的我都不要。把許三清完好無缺地送到上官昧府上，我是沒什麼術法，但要讓自己死得支離破碎的武功我可是會不少！」

「星南你別激動！」

李珩一驚，正想上前制住，便聽到一聲猶豫不定，卻十分清晰的呼喊從蘇星南身後傳來。

「師父、師父！」只見許三清嗖的一下跳下床來，箭似的飛撲到李珩跟前撲通一下便跪了下去，抱著他的腿哭喊了起來，「師父，真的是你！我沒看錯，真的是你！」

蘇星南雙目圓瞪，指著李珩的臉張口結舌：「你、你……」

「好小子，長這麼高了還哭鼻子，不害臊？」

李珩笑了，伸手想要摸許三清的頭髮，卻被蘇星南一步搶前擋了，眼看許三清被蘇星南拽到了身後，他無奈地搖頭道：「你就留給他一個美好的回憶不行嗎？」

「我願意讓李欽移魂，但你必須讓三清安全回去。」蘇星南脊背生涼，李珩是許清衡，李珩竟是許清衡！

「你認為他認出我了，我還能讓他安全回去？」李珩聳聳肩，攤開手掌把凝聚在掌心的罡氣散去，如果蘇星南沒阻攔，這一記天罡掌便要拍到許三清天靈上了。

許三清也認出了這是天罡掌，疑惑道：「師父，你跟星南在說什麼？為什麼我聽不懂？」

「三清，他真名不叫許清衡，也不只是你師父。」蘇星南捉緊了他的肩，「他叫李珩，是當今皇上。」

許三清瞪大眼睛，用力搖頭：「不可能，他是我師父，他一直照顧了我七年那麼久，怎麼可能是皇帝！」

「沒錯，許清衡的確不是我，只是我一魂二魄附身紙神後化作的人形。」李珩往許三清看去，搖頭嘆氣道，「唉，你這天資實在是太差了，七年都沒看出那個師父的靈氣與平常生靈有何不同，真是朽木不可雕。」

「那、那皇帝就皇帝啊，你還是我師父啊！」許三清腦子轉不過來，踏上一步又停住了，「可是，既然你也是道士，為什麼你要如此打壓自己門派？你要打壓道門，為什麼又吩咐我要去尋鎮魂鈴，要光復門派？師父，這……」

蘇星南也皺起了眉頭，他一直以為朝廷禁道是因為李欽，但現在看來，似乎一切都是李珩的意思。

「你曾經去過龍虎山看李欽，當時李欽應該是氣數將盡，所以你急忙讓當著許清衡的紙人死去，讓魂魄回歸，恢復全部功體，跟其他道人一起施法為李欽續命。但卻在路上丟失了鎮魂鈴，你想讓三清為你找回鎮魂鈴，卻又擔心被其他高人捷足先登，所以才驅散僧道，毀廟滅觀？」

李珩搖頭道：「鎮魂鈴一直都在。」

「一直都在？」蘇星南跟許三清同時驚呼，下一刻，蘇星南只覺身邊颳過一陣猛風，手指像被硬生生掰斷一樣劇痛起來，定睛看時，許三清已經被李珩擒著肩膀捉到了身前，細白的脖子被扣出了一道紅痕。

「放開他！」蘇星南已失了先手，對方又是術法跟武功都屬一流的高手，他不敢貿然相救，只好脅迫道，「你敢傷害他，就準備讓李欽也一起陪葬！」

「我怎麼會捨得傷害他，他可是我尋覓多年的珍寶。」李珩朝許三清溫和笑道，「鎮魂鈴不是一件物品，而是你啊，三清好徒兒。」

「師父，好難受……我透不過氣……」許三清掙扎幾下，李珩才鬆開他的脖子，但搭在他肩上的手依舊牢牢地扣著他的肩胛骨，令他動彈不得，「師父我是三清啊，怎麼會是什麼鎮魂鈴？」

「我會讓你死得明白的。」李珩道，「鎮魂鈴早在百年前就被打碎了，當時一個叫枕草的道士想用鎮魂鈴收復一隻魔神，卻失手被殺，鎮魂鈴也被打碎了，而碎片卻剛好被一隻白兔吞了，那白兔修煉百年化了女體，卻也沒熬過人間情愛，為人類男子生了個孩子後精力衰竭而亡，男人看她死後顯出原形，不想養這孩子，但也下不了殺手，就把孩子拋棄在距離自己村幾十里外的小鎮。」

許三清目瞪口呆：「我就是那個小孩？」

「人性本惡，哪有你這樣單純的孩子？」李珩一手捏著許三清的肩胛，一手摸了摸他的頭髮，「可惜你繼承到的鎮魂之力散亂無章，我花了幾年時間觀察研究你，才找到了重新凝聚你體內靈力的方法。」

蘇星南皺眉：「莫非……」

「鎮魂鈴能制住魂魄，是因為它至陰至寒，要引導陰寒靈力凝聚，便要用至剛至陽的氣息作引子。陰陽總是互相吸引的，如果我一直照顧你，你就不會自己選擇去什麼地方，所以我離開你，讓你自己遊蕩，讓天性牽引你去找那個人。」李珩讓許三清轉過頭去看著蘇星南，「我真糊塗，世上至剛至陽，除了真龍天子還能是誰呢？」

「我再問你一次，」蘇星南卻沒有許三清激動，他甚至可以說是有點冷漠地開口道，「為什麼等到我這個年紀才下手？」

「星南……」

「我記得自己天生紫眸，但十歲後眼睛顏色逐漸變成深紫，在十六歲後不仔細看都會覺得是黑色，可是最近它又慢慢變回純淨的紫色了。」蘇星南摸了摸眼角，「這是不是所謂的龍氣？隨著我長大，龍氣也越加深重，但我跟三清學道時傷了元氣，所以龍氣逐漸淡薄，你本來想一直到李欽油盡燈枯的時候再取我性命，但那日見我進宮請辭，龍氣已經離散，你怕再耽擱下去，我一身龍氣毀了，李欽移魂過後也沒用，所以才急著讓秦沐朗帶阿水出現在我們跟前，誤導我們治好他，順便重創詠真以免他礙事，又捉走我跟三清，下藥引我們結合，完成鎮魂鈴的靈力凝結，好給李欽移魂？」

蘇星南一口氣說了下來，李珩的臉色越發陰沉，他斂起笑容，凝視著蘇星南，一言不發。

「所以什麼情投意合，迫不得已，都是假話，從頭到尾都只是時機而已，就像蘋果熟了才能摘一樣，哪有那麼多複雜的感情？」蘇星南忽然哈哈大笑起來，「陛下聖明，太子賢德，為了社稷大局，犧牲兩個無名小卒確實是應該的，一將功成還得萬骨枯呢，哪裡有不流血的江山，哪裡有不埋骨的盛世。陛下英明、陛下英明啊！」

「星南……」許三清開口，話語全是顫抖的痛，「不許你這樣說話！」

「……三清？」

「我不許你這樣說話！」許三清大喝，「跪下，這是你師公，成何體統！」

「三清！他根本沒把你當作徒弟，他只是要找鎮魂鈴，如果你沒繼承到鎮魂鈴的靈力，他根本不會看你一眼！」

「可是他看了啊，他看我了，我當時餓得暈倒在路邊的泥坑裡，是他救了我，是他給我東西吃，給我衣服穿，他教我道術武功，教我明辨是非，我生病的時候是他照顧我，我受傷的時候是他一邊給我敷藥一邊哄我說不疼不疼！」許三清本想大聲叱喝，眼淚卻怎麼也控制不住，不斷往下掉，「我的命是他救的，他要拿回去就拿回去，沒你說話的地方！」

「三清……」蘇星南讓許三清的眼淚給愣住了，只能抿唇不語。

李珩冷漠道：「我對你好，是為了讓你像現在這樣心甘情願。」

許三清被捏著肩胛骨，卻仍固執地轉頭去看李珩：「你要做什麼請隨便，但我不許你挑撥我跟我師父的感情。」

「你……」

「我自己會看會聽會感覺，不用任何人告訴我，我應該有什麼感覺。」許三清吸了吸鼻子，「師父，鎮魂鈴的靈力凝聚完成後，我的軀體就能承受一切魂魄，你讓太子殿下移魂到我身體裡吧，星南已經傷了元氣靈氣，靠消耗龍氣來維持了，不久龍氣散盡他就會變成普通人，你放了他，我自願跟你走。」

「……我以為你們會比較想做一對同命鴛鴦。」李珩稍一猶豫，卻還是不放心。

「他也死了，誰去繼承我們光復門派的責任。」許三清笑笑，「師父，我選徒弟的眼光比你好，我這個徒弟不光長得好看，武功也好，還過目不忘，悟性很高，脾氣很倔但是有錯會改，雖然總是一臉囂張但其實很體貼，就是有點路痴。」說到這，許三清對蘇星南嘆口氣，「以後沒有我給你帶路了，你可得記住帶個人再出門啊。」

蘇星南喉嚨哽咽，他知道今天兩人能平安脫身的機會微乎其微，但許三清仍在努力，想要為他求一線生機，他知道他在等自己回應，跟他一起說服李珩，說服李珩讓這世上他最愛的，也最愛他的人留在這陰森的宮殿裡，被他人魂魄霸占軀體，魂魄湮滅飛散。

「我做不到……」蘇星南喉頭如壓千斤巨石，好艱難才擠出幾句話，「對不起，我做不到……」

「蘇星南！」許三清急道，「你是不是要違背師命！」

「我做不到，離開你一個人活下去，我做不到！」愛戀壓過了對生存的渴望，蘇星南深呼吸一口氣，對許三清說道，「我從通過殿試，入大理寺當錄事開始，就已立下志向，要盡我所有輔佐殿下，既然如此，自然包括為殿下捨生忘死，現在有你陪我走這條路，我，於願足矣！」

話音未落，蘇星南猛然大喝，早已運起十成功力的一掌，直拍向自己額前。

第四十三章

血濺了蘇星南一臉，但卻不是他自己的血。

蘇星南低頭，就在那一掌離他額前不到兩分距離的時候，一個硬實的球狀物體重重地砸到他手上，力度之大竟讓他這一掌歪斜了開去，「轟」的一下，打向了耳後。他定睛看清了滾到他腳邊的東西，不禁「啊」的驚叫起來。

那竟然是許清漣的人頭！他雙目圓瞪，似乎還保持著被劈下腦袋那一瞬的憤怒跟驚惶。

「你師父嘰哩呱啦說一大堆就是想你活著出去，你卻非要忤逆他，真是孽徒。」陵寢正中忽然亮起一簇藍光，但李珩卻是猛地轉身，往後打出一掌！

方才藍光泛起，蘇星南跟許三清都以為是什麼人透過陣法進入陵寢來了，唯有李珩深知這只是障眼法，立刻往身後空檔補上一掌。他其實不確定後頭有沒有人，但若是偷襲，就只有這一個盲點。而這個盲點，足夠讓他忌諱，忌諱到不惜暫時鬆開對許三清的鉗制，也要小心堤防。

這一掌當真拍出了一個人影，那人影也像料到了李珩不會上當，堪堪躲過，飄飄然落在那圈藍光之中，映出了方籬燕的臉。

許三清被李珩扔飛了開去，蘇星南一步跳躍把他接住，未及開口，就被許三清

「啪」的甩了一個耳光，耳邊炸響了一串罵聲。

「混蛋，誰讓你自殺，誰准你先死！你什麼時候學的連掙扎都不掙扎就求死，這麼沒出息！援兵之計你不會嗎？還過目不忘，移魂術要用移魂丹，煉移魂丹起碼得三天，你不會先跑出去再找人來救我嗎？你書都念哪裡去了！我打死你這個孽徒、孽徒！」

耳光不斷往臉上拍，蘇星南愣了一下才反應過來，一把捉住他的手道：「我是關心則亂而已！」隨即指向方籬燕岔開話題，「你到底是何來歷？」

「你不是早就知道了，我是龍虎山上一個不起眼的丹鼎派小道士而已，不過憑著些醫術，陪小師弟一起進宮過日子而已。」方籬燕回答的時候目光仍然盯著李珩不放，「三師兄，我說過移魂是邪法，能不能成功尚且是未知之數，為什麼你還是要一意孤行？」

李珩冷笑道：「要不是你對欽兒還算盡心，當年我早就把你連著那班老頑固一起燒了，但我沒想到現在你還會來阻止我。欽兒的身體狀況你比我還清楚，總得放手一搏！」

「你這不是放手一搏，是縱身一跳，跳進邪魔外道的深淵！」方籬燕語氣堅決，

「就算你真的把許三清剖心取血煉成引魂丹，再把殿下魂魄引進蘇星南身體裡，又能怎麼樣？蘇星南靈竅已損，龍氣不可能再凝聚，殿下的魂魄依附其上更加快他的衰亡，這樣一副軀體又能讓殿下支持多久？殿下還會因此成為荒魂，再也不能投胎轉世，三師兄，你真的希望殿下變成這樣嗎？」

「能活一天是一天，只有活著才能想辦法解決問題，死了，一切就成空話了。」

李珩衣袂一甩，像要掃清擋在面前的障礙一樣，「反正你現在是要救他們了？」

方籬燕略一蹙眉：「是。」

「那就……打吧！」

在「打」字出口之前，兩道人影已經飛快掠向了對方！

明明兩人都是道門高手，但此刻相搏，用的卻更多是武功身法。方籬燕一向煉丹造藥，術法修為應該稍遜李珩，若李珩以大陣強法強攻，方籬燕未必架得住。可是，他卻沒施展出多少術法來，都是使用最直接的拳腳武功掠取方籬燕要害，但方籬燕正是知道自己術法修為不精湛，平日很是注意武功修習，當下兩人打得難分難解，不分軒輊。

蘇星南跟許三清並不知曉這個陵寢從一開始就是為了囚禁鎮魂鈴靈力的。李珩並不知道鎮魂鈴已經成了碎片，是以這陵寢的方位、建築、走向、樣式，都按照最高級別的鎮壓靈力方法建造，導致現在反而壓制了自己的修為施展，只能跟方籬燕拚武功。

蘇星南本以為這次會比還瘋癲著的許清漣跟詠真打那次更驚險，便拉著許三清跑到角落去，但他看了一會，發現兩人不過是在拚武功，稍一思考，便猜出這個陵寢有古怪，致使兩個道術高手都不以道術比試。

目前看來還是平分秋色，但方籬燕剛剛才跟許清漣打過一場生死鬥，現在戰得並不輕鬆，而李珩本就熟悉這陵寢對術法的鎮壓程度，在快速的武力攻擊中也會試著放一兩個小術法來打亂方籬燕，過不了多久，這個平手就會被打破。

蘇星南不能讓這個情況出現，剛才他是誤會了許三清一心求死才想陪他，他從來沒有主動爭取過什麼，蘇承逸的冷漠他選擇獨自消融，賀子舟的隱忍他選擇視而不見，楊雪的欺騙他最終還是放下了。

但唯有對許三清，他不可以當一個連掙扎都沒有就放棄的懦夫！

李珩剛剛擋下方籬燕一串幾乎讓人窒息的快攻，憋著一口氣想在他後勁不繼的一瞬一氣反擊，卻偏偏在方籬燕動作稍緩，他想要出手的時候，一記穿心掌就往他後心襲來！

「砰」的一聲，蘇星南自己也不相信能這麼輕易就得手，但既得手，自然不會放過這個機會，他一氣呵成，往李珩身上拍出了整套掌法。

方籬燕見蘇星南偷襲得手，飛快跳開一步以防李珩趁著前衝的勁頭貼進自己，李珩卻兀自不動，彷彿練了金鐘罩鐵布衫一般，硬生生吃下了蘇星南用盡全力的攻擊。

蘇星南最後一掌打出，李珩忽然猛喝一聲，擰轉身子往蘇星南噴了一口鮮血，血是很多陣法的引子，蘇星南也判斷不出他到底想發動什麼陣法，不敢冒險，便迅速往後跳開，萬分戒備地防範著。

李珩臉上身上都是血，瞪著蘇星南的眼睛裡透出難以置信的驚異：「你、你竟然用定身咒！」

「……我沒有。」

「是我。」

卻見許三清慢慢從角落裡走出來，臉上全是眼淚：「對不起，師父，對不起……」

「在這陵寢裡，還能隔空施法……鎮魂鈴果然很厲害……」李珩說罷，竟筆直往後倒了下去，方籬燕眼疾手快，捉住他的肩胛骨把他接進懷裡，那是既警惕也關心的姿勢。

一摸到皮肉，方籬燕恍然大悟，李珩並不是硬扛著蘇星南的攻擊，而是在蘇星南偷襲他的同時，許三清隔空放出了一個定身咒，李珩是想躲也躲不了！

一天之前，許三清還是個可以忽略不計，不用擔心怎麼保護他就很好了的愚鈍小道士，誰能想到他現在竟能不需要任何引子，配合別人時機的實際如此精確地隔空放出一個定身咒呢？

難怪李珩如此震驚了。

泛著濁沫的血從李珩嘴角汩汩湧出，方籬燕探了探他脈搏，眉心糾結：「不妙……」

「明日，你就宣布，朕奔天了，死於心疾，不必追查……」

李珩忽然以「朕」自居，讓蘇星南猛然一驚，他竟然弒君了！

「你一定會救欽兒的，是不是……」李珩咳嗽了起來，心脈被重創，已是奄奄一息，卻仍是不死心地捉住方籬燕的手哀求。

「我會。」方籬燕握住他的手，「我活著，他便不會死。」

「如此，甚好……」李珩像放下了心頭大石，緩緩合上眼，卻又猛地掙扎著睜開了一點點的目光，看著蘇星南的方向笑了，「清婉，我來見妳了。」

「……嗯。」蘇星南用力點了點頭，李珩才終於永遠閉上了眼。

許三清跪在他身邊，一個響頭磕下去，久久沒有起來。

尾聲

是夜皇宮，燈火通明，雞飛狗跳。

皇帝李珩突然發病倒下，太醫院首座方籬燕忙了半夜也無力回天，最後只能傳太子李欽進房間聽父親的遺言。

李欽拿著一方濕手帕，仔仔細細地父親的臉擦了一遍，方籬燕在他身邊垂手站著，而守在門口的竟然是一身侍衛裝束的秦沐朗。

「你既然已經收買了他，也該告訴我，省得我跟許清漣纏鬥的時候還得分心防他。」方籬燕說著責怪的話，但也沒有多少責怪的口吻，「但你真的覺得這人能用？」

「他想要富貴榮華，名聲地位，世界上有比皇帝更有能力給予他這些的人嗎？」

李欽抬起頭看方籬燕，「師兄，殺父弒君，這樣的罪孽就比以命換命輕嗎？」

「殺父弒君的是蘇星南，與你何干？」

「但你從父皇體內剜出的內丹，卻是用來給我煉藥用的。」

「李珩在以許清漣的身分行事那幾年裡，藉著除魔滅妖的名義，不分善惡誅殺各種妖怪，吞服他們的內丹增強自己的修為，又借龍氣凝結內丹，本來就是他自己作孽在先，也不是你的錯。」

方籬燕說著，李欽站了起來，方籬燕看著個頭已經快跟自己持平的小師弟，不禁輕嘆口氣：「但如果你要說，他作下這些孽殺都是為了你，那我無法反駁。的確，他做的一切都是因為你，你要因此而責怪自己嗎？」

「怪，當然怪，我責怪自己並沒有因為他這分苦心就能體諒他，就能支持他。」李欽一激動，不禁微微喘起氣來，「他死了，我覺得鬆了一口氣，我再也不用裝作什麼也不知道地聽他教導我為君之道，不用再擔心大理寺呈報的案子裡有多少人命是因我而亡，甚至不用擔心如果我先他一步離開，他會作出怎麼樣瘋狂的舉動。師兄，活著，也很累。」

「但你還是得活著。」方籬燕眼眉一挑，搭著他的肩膀道，「你對他最大的感恩，就是阻止他繼續錯下去。從龍虎山被滅觀那時你求他留下我開始，你裝作對道教心存怨恨，驅散道觀，讓他無法再把你送去其他地方，以免悲劇重演，在他逼我造引魂丹的時候，你也只挑那些死不足惜的京中紈褲來試藥，你能做的都做了，往後，你只要好好活下去，如他所希望的那樣，做個好皇帝，就是對他最愛的感恩了。」

「哈哈，好好活下去，吃掉父親的龍元內丹，真螭化假龍，的確是個瞞過天數的好方法。」李欽乾巴巴地笑道，「古有文王食子，今有李欽吞父，哈哈，所謂天子，都是這樣的人啊？」

「你不會成為那樣的人。」方籬燕鬆了手，退後一步，跟李欽沉默對視。

李欽記得自己剛到龍虎山時，輩分雖高，到底年幼，不少道童都與他十分生分，有的更嫉妒他身分，暗裡給他使壞，都是方籬燕給他解的圍，他教他養生吐納，教他工夫拳腳。李欽有一次開玩笑地問他，師兄，你不怕我學了工夫，去找那些人報仇嗎？

方籬燕一邊給他綁方巾，一邊說，你不會成為那樣的人。

李欽往他走了一步，兩人距離太近，方籬燕下意識想繼續往後退。

手卻被捉住了。

「師兄，你回去龍虎山當道士吧。」

「嗯？」

「新帝繼位，要廣結善緣，想重整道觀，也得有個道觀作牽頭啊。」

恆帝駕崩，太子繼位，大赦天下。

所以大理寺忙暈了。

那些天牢重犯自然是不會放的，但光是被流放的犯人，光一個流放地就有幾百人，全國加起來的流放犯數以千計，他們的戶籍文牒，檔案文件，全都要清點更新，蘇星南只恨自己沒有四隻眼睛八隻手，好早一日完結這工作，早一日徹底卸任。

李欽批准了蘇星南的請辭，但要把寬赦之事辦完才能走。

兩人在偏殿裡沉默良久，終是一句「微臣告退」、「卿家保重」，完結了二十多年的情分。

儘管李欽沒有明言，但蘇星南也知道自己最好是有多遠走多遠，才好讓這分深藏在肚子裡的兄弟情誼永不變質。

跟蘇少卿一樣忙碌的還有上官少卿，不過他忙的是並不是公事，而是私事。

上官昧要成親了，成親的對象是個不知道從哪裡冒出來的富商小姐，聽說他們家在進京途中遭遇劫匪，上官大人英雄救美，把父母雙雙喪命賊匪手下的可憐小姐帶回家裡安頓。上官老夫人對這小姐喜歡得不得了，加上小姐身家殷實，乾脆便讓兒子把她娶了，完成了「救命之恩，以身相許」的完整劇情。

婚禮之日，作為下任大理寺卿的不二人選，自然多得是達官貴人來恭喜道賀，但也有很多平日與上官昧不甚對盤的官吏商賈到場。

誰叫那新娘子才到京城不過一月，就已經豔名遠播呢？聽說她在公堂上哭訴父母被山賊殺死時，在場所有人都跟著她一起落淚了。倒不是真的很傷心，而是這等美人梨花帶雨，是會叫人也一起心疼起來的。

有好事之徒不信，非說再美豔難道比得上雲壇的詠真先生？

但詠真已經消失了好久，聽雲壇老鴇雲娘說，他賺夠了贖身錢，從良去了。

到底從哪家的良，人們就不再關心了。

上官昧這九代單傳沒有兄弟姐妹，連表親也少，近親席上反而安排了蘇星南跟許三清。許三清自從體內靈氣彙聚生息，不僅術法修為大增，連身量也拔高了許多，已經不比蘇星南矮多少了，相對應地食量也大到了讓蘇星南詫異的地步，從前沒胃口只能吃三屜包子，現在大概沒胃口也能吞下一頭牛了，坐下不久，他就嚼起了花生米，碎渣子在他說話的時候撲簌簌地往下漏。

「星南星南，你見過現在的詠真……」

「咳咳！」蘇星南打住他的話，「那是胡小姐，不要胡說。」

「哦，是是，是胡小姐。」許三清吐吐舌頭，「那你見過她長什麼樣子了嗎？」

「見過，真的是完全不同的容貌。」蘇星南說著，便聽見媒婆喊話，領著新郎新娘子來拜堂了，「你自己看！」

「啊！」

除了許三清，其他人也紛紛站了起來想一睹芳容，許三清是長高了，但身板還是瘦小，怎麼都擠不過去，乾脆就往凳子上一跳，居高臨下了。

一拜天地，二拜高堂，夫妻交拜。

上官昧接過珍珠槓，挑起新娘子的紅蓋頭。

「咦？」許三清奇怪道，「沒變啊，不還是那樣嗎？」

「怎麼可能一樣呢？」蘇星南也陪他沒規沒距地站到凳子上去了，不遠處那位紅粉佳人，美豔無雙，風姿卓越，但很莊重矜持，沒有一絲詠真那如絲如柳的風流，「你看，這眉眼臉容，甚至連氣質神態都不同了啊。」

「哎，障眼法而已。」

許三清往蘇星南眼睛上一抹，蘇星南眨眨眼，唉，果然還是那個詠真，「哈，我還以為他真的變成了女人呢！」

「鬽本無男女，的確是女人，只不過他願意讓別人看到是怎麼樣的，就是怎麼樣的而已。」

蘇星南困惑道：「咦？那上官昧現在看到的是男人還是女人啊？」

「我怎麼知道嘛！」

不管蘇星南跟許三清如何猜測，反正這禮行完了，詠真便像個新嫁娘一樣乖乖回新房等著了，只有上官昧在外陪賓客，待到幾近二更，上官昧才一身酒氣地來新房裡了。

詠真早就掀了蓋頭褪了嫁衣怎麼舒服怎麼歪著了，看見上官昧，立刻就皺眉了：

「你再敢吐我床上，我就把你扔護城河裡醒酒。」

「哪有娘子這樣對相公說話的？」上官昧笑嘻嘻地走到他身邊，一手把他撈到身上抱住，「你這幻術真厲害啊，看著像女人，摟著也像女人……」說罷，手就伸到他衣襟裡亂摸了起來，「連這也一般柔軟……」

「嗯……」

上官昧開玩笑地捏住他胸前紅纓，卻不想詠真往後一仰，發出一下真切的呻吟：

「輕點，這可不像男人那裡，很敏感的……」

「咦？」上官昧一愣，停下了動作，「你這是……真貨？」

詠真白他一眼：「什麼真貨假貨？我本來就不是人，隨便化個男體女體有什麼奇怪的？」

「可是妖怪也有公的跟母的啊！」

「我是魃精，不是妖怪，魃無溫無相，自然也無男女之分。」詠真看著上官昧的臉色變化，覺得十分好玩，便刺溜一下脫掉衣服，貼到他身上，真正的軟玉溫香，「上官大人是覺得男人舒服呢，還是女人好抱啊？」

上官昧若有所思，伸手扯掉詠真的下裙，頓時哭笑不得：「你要變就變全了啊，還留著這東西幹什麼？」

「讓你回答男或者女都飛不出我的手掌心。」詠真噗哧一下笑了，捏著他下巴呵氣，「來，回答我。」

「我想問個問題。」上官昧卻依舊對詠真的挑逗心不在焉。

「問吧。」

「既然你可男可女，那你能生孩子嗎？」

「……」

「應該可以吧，既然你化作男人時可以射，證明生理功能是齊全的，那化作女人的時候，自然也能生育了是不是？」

「我還是把你扔到護城河裡去好了……呸，偷襲，卑鄙！」

清晨的渡頭，許三清看著緩緩靠岸的船，忽然哈哈大笑了起來。

正招呼船家過來的蘇星南回頭，奇怪道：「有什麼好笑的？」

「我想起一年多以前，也是在渡頭，你要坐船離開，我去追你，還掉到了水裡去。」

蘇星南也笑了起來，「你那不是掉海裡去，是自己跳下去的！」

許三清臉上一紅：「誰、誰叫你跑了，我著急啊！」

「是是是，是弟子不對，請師父見諒。」蘇星南一邊笑一邊過來牽他的手，「以後我都不會讓你追著我了，我會一直陪著你的。」

「嗯。」許三清用力點點頭，任他牽著上了船，「可我還是得學會游泳才行，要不遇上水怪水妖可怎麼辦。」

「好，等靠岸了我教你……」蘇星南問，「那我們現在去哪裡？」

「去哪裡都行。」許三清眨眨眼，看了看船家，船家剛好鑽到了船艙裡，於是他掂了掂腳，飛快在蘇星南唇上啄了一下。

「只要你陪著我，哪裡都能去。」

——《鎮魂鈴・下卷》完

——《鎮魂鈴》全系列完

番外一 山有玉兮

玉，石之美者，有五德。

——東漢．許慎《說文》

世稱玉為石中君子，越瑩潤越剔透，則越是名貴。

但賀子舟這個怪人卻不那麼認為，如和田玉髓他當然愛不釋手，可即便是普通的黃玉、青玉、碧玉，他也一樣珍而重之，哪怕關係再遠一點的彩玉、京白玉，只要有一點光澤讓他見了，他都必定會挪不動腳步。

第一次見賀子舟的時候，他正蹲在一個地攤子上，為了一塊原石的邊角料跟老闆討價還價了大半個時辰，最終成交的時候，他高興地揣著那大半塊都是石頭的邊角料「咻」的站了起身，血液一下子上湧不到頭上去，便頭暈腦脹地往前倒了下去。

他不知道為何，竟一伸手把他接進了懷裡。

——咦？我能化人形了？

這是他第一個想法。

——這人長得挺好看。

這是他第二個想法。

賀子舟甩甩腦袋清醒過來，便趕緊站好向他道謝：「謝謝先生，多有冒犯了。」

——聲音也好聽。

「不用謝……你要這個做什麼？」世人採玉，都愛挑玉正中心尖上的，這小子怎麼挑了件皮毛？

「當然是剖出來好好加工啊。」賀子舟十分得意，「別看這只是邊角料，用來做稜鏡就最好了。」

「稜鏡是什麼東西？」

「讀書人多有眼疾，看書很不方便，一次我偶然發現，只要拿晶石磨成一定弧度，放在火光前，能讓光線更加明亮，照得也比較遠。」賀子舟一邊說，一邊從懷裡拿出一個像調羹的東西，不同於調羹的是前頭不是一個勺子，是一塊帶點弧度的淡綠色晶石，「上等美玉太過剔透，光線直出直進，反而不及這些玉料的效果好。」

——還有這樣用途？

「玉石，除了賞玩，還能用啊？」

「哎，公子此言差矣，古人云，玉有五德：潤澤以溫，仁之方也；䚡理自外，可以知中，義之方也；其聲舒揚，專以遠聞，智之方也；不撓而折，勇之方也；銳廉而不忮，潔之方也。」賀子舟搖頭晃腦地背起書來，見對方愣了似的看著他，便不好意思地搔搔頭髮，「簡單來說，就是玉石溫潤，是仁禮之士；從外觀便可分辨好壞，是坦蕩君子；敲擊時聲音清脆，很遠都能聽見，像智慧一樣，可以振聾發聵；堅韌硬朗，是勇士品質；就連它的破口也是平滑的，不會傷人，像高潔雅士，不屑與小人計較。」

「你說這麼多，我還是不明白玉還有什麼用途。」

「唉，這麼明白了你也不明白啊？」賀子舟說了一句讓對方緊皺起眉頭來的話，「看來你對玉石真的一點瞭解也沒有啊。來來來，到我處坐坐，我要給你好好上一課！」

——我完全不懂玉石？

他當時幾乎想現個原形來嚇他一下，但見他那麼興高采烈，也忍不住心生期盼，就那麼讓他拉著手，到了一個小小的帳房裡。

原來是個採玉場的帳房先生。

那一天，他見識了各式各樣不同的玉石，有做成珠釵環佩給人打扮用的，有做成玉枕玉針給病人安神治病的，有做成樂器演奏出美妙樂音的，甚至有碾磨成粉末給人服用的，真可謂千玉千途，各有所歸。

「世上沒有不好的玉，只有不懂玉的人。」賀子舟一邊把玉筆架放好，一邊吐了吐舌頭，「你看完了嗎?我得把它放回去了，這玉筆架不是我的，是縣官大人的。」

「嗯，你去吧。」他無所謂地拂了拂袖子，賀子舟便留他一人在帳房裡，自己跑去還玉筆架了。

這帳房裡，又不少玉石原石，還有要發給工人的工錢，賀子舟就這樣放一個剛剛認識的男人在裡頭。

賀子舟回頭想想也一頭冷汗，但他不知道為何，就是覺得很想親近這個人，覺得這個人非常可信。

賀子舟是真玉魔，為玉瘋魔。

他沒等賀子舟回來就走了，但他從那天起便開始介意起自己的行為來，不溫柔不配為玉，不清潤不配為玉，不懂禮節不配為玉，不懂音律不配為玉，連不能救人治病，也不配為玉。

唉，怎麼我這個玉石所化的精靈反而不配為玉了?

有時候他會在書法毫無進步，或者琴瑟造詣十分糟糕時發脾氣，甩甩袖子就想跑回玉羅山裡去，不再管這什麼玉有五德。

但終究還是拿起筆來，慢慢寫起了橫撇捺來。

一字一字，端正端莊。

賀子舟。

他決定去找他，按照他喜歡的模樣，先化個如玉君子的形貌，在珍瓏館裡與他攀談，賀子舟十分隨和，兩人交往甚歡，於是在某一天，他趁他鑑賞玉器的時候，輕輕摟上了他的腰。

賀子舟卻是猛地一個激靈把他推開了。

喔，他不喜歡如玉君子，沒關係，那就變成紅粉佳人吧。

他自以為已經豔冠天下，卻不想賀子舟見了他，反而連看也不看他，只恭恭敬敬地把玉簪玉釵捧到他跟前，說請姑娘挑選。

他疑惑了，開始觀察他日常都與什麼人要好，猜測他喜歡的類型，然後不停地化形，不停地試探，但這麼幾個月以後，他也厭煩了，一介凡人，哪裡值得他一個快要位列仙班的靈來多費心神？

直到四年前，朝廷忽然大量徵收玉石，玉羅城府尹害怕無法開採足夠的玉石，竟想炸山取玉。

浩浩蕩蕩的官兵推著一車車炸藥前往玉羅山，他在玉羅山壁上冷冷地看著，冷冷地哼了一聲。

玉羅玉羅，本就是因為玉氣浸潤才能生養萬物的地方，竟然自毀根基，不是找死是什麼？

他倒不太在意，他已修化魂靈，隨便找個名山秀川躲起來睡幾年覺，天雷劈他不死，便是仙家了，與這凡塵孕育他的地方再無牽連。

但到底是母親一樣的玉羅山，他也無法做到完全不管不顧。

該做些什麼，才能嚇退這些人，讓他們不再打玉羅山的主意呢？

他發現自己實在太笨了，化人以來盡讀了那些仁義道德，現在竟一點威懾鎮嚇的手段都不會了。

他尚在猶豫，忽然那些官兵就停下來了。

上山要道上，跪著一個人，跪著一個渾身綁著炸藥的人。

賀子舟跪在地上，惴惴然道：「炸山取玉，無異於殺雞取卵，涸轍而漁，求達人三思！」

「哼，賀子舟，你一個帳房先生，也敢威脅本官？」

「白身不敢威脅大人，但實在不忍見媛姿崩殂，玲瓏玉碎，若大人真要執意炸山，便請以此身殉葬，為玉羅山流一腔血淚吧！」賀子舟一個響頭磕了下去，便起身打著了火摺子。

「住手！」在場豈止百斤炸藥，若在此時引爆，只怕殉葬的便不止賀子舟一人了，「賀子舟，你到底想幹什麼！」

「白身本是藍田人士，家中世代經營玉石生意，也懂得探玉之法，請大人讓我主管採玉工作，按照我所指示的路線，就能直接在玉脈上打工事井，不必毀了這整座玉羅山！」

「本官怎麼知道你所言非虛？若是三月後交不出玉石，誰來負責！」

「我來負責！」賀子舟再次跪倒，卻仍擎著那火摺子，一副你不答應我們便同歸於盡的氣魄，「到時只管說是我捉了大人做人質威脅大家不許採玉，要殺要剮，我無怨無悔！」

要殺要剮，我無怨無悔！

他覺得有什麼東西在他身體裡劇烈地震動了一下。他知道這是錯覺，他本無實體，可是，疾風不也無形嗎？不也同樣吹皺了一池春水。

他被他吹亂了，亂得他當場就召來了一場大雨，淋滅了他手上的火，也淋濕了所有的炸藥。

炸山的事情暫且擱下，賀子舟每日帶著祖傳的工具在玉羅山上探測玉脈，餐風露宿，有時候太累了，即使光天白日，挨著樹蔭便睡了。

他趁他睡著，伸手覆上他的額頭。

你怎麼這麼傻呢，玉脈玉脈，如人的經脈，若叫你挖了，那玉羅山又怎麼能活？

手掌心裡發出盈盈綠光，他把玉脈的位置走向，全以夢境的方式引進賀子舟腦子裡去了。

挖吧挖吧，到你挖絕了這山，也該七老八十了，到時我便陪你一起去六道輪迴，緊緊纏著你，跟你做對雙胞胎，讓你下輩子也只喜歡我一個。

那時候他是那麼天真地認為，賀子舟之所以對他的男女相貌皆無反應，是因為他只愛玉石。

沒關係啊，他就是玉石啊！

他看著賀子舟帶著工人來開鑿工事井，一天天掏空他的五臟六腑，甘之如飴。

那一日，仍同往常一樣，天是藍的，草是綠的，賀子舟是好看的。

他看著他點算玉石，著迷於他那閃閃有神的目光，然後，忽然那目光便迸發出了千百倍的光彩，灼得他心口發痛。

他看著賀子舟往一個白衣男子跑過去，興高采烈地說，「蘇星南！」

蘇星南？

原來如此。

他拂袖而去，天色立時晦暗。

當真拂袖而去嗎？

他想來想去，還是捨不得。

沒人教過他什麼叫兩情相悅，他只知道玉有五德，其中一樣便是堅韌，無論如何都不可放棄，即使崩斷了，那破口也不能傷人。

不傷害他，那只有傷害自己了。他對著玉羅山裡最清澈的小河變化了數十次，終於還是變成了跟白衣男子的樣子，卻有不甘心，便作了女子妝扮。

他來到賀子舟的帳房裡，裡頭空無一人。看來他是去跟那個白衣男子吃喝遊玩去了。

他以他情敵的模樣坐在空落的帳房裡，等待那個心裡並無自己的人歸來。

你以為他會傷心嗎？不是的，他不傷心，因為他終於擁抱到了他的肌膚，感覺到了他的體溫，能以非玉石的形態，被他緊緊抱在懷裡。

開心都來不及呢，他怎麼會傷心啊。咦？眼角為什麼會流出水來呢？

他並不知道這種讓他眼角流出水來，止都止不住的感覺是什麼。直到許三清一口童子血噴到他手臂上時，他第一次體會到了這個感覺叫痛。

這就是痛，被賀子舟擁抱的時候的感覺，原來叫做痛。

「你若是真的愛他，就該讓他知道這是幻境，不是真實，看他如何取捨！」

他不知道什麼叫取捨，但他明白了這個小道士說的話，原來兩個人要彼此都願意跟對方在一起，才能在一起。

賀子舟終於還是回去了，他連他一縷魂魄都握不住。

有在那夜趕路的過路人說，玉羅山鬧鬼了，整座山都迴盪著淒涼的嚎啕，哭到最後都成了無意義的叫喊，喊得那麼撕心裂肺，好像要把所有的力氣都吼光了才肯甘休。

有大膽的浪蕩子說，那明明是個男人的哭聲，卻好聽得像唱歌似的，有個成語是用來形容聲音非常好聽的，叫什麼來著……喔，對了崑山玉碎，老兄你不錯嘛，連崑山玉碎這樣的成語都知道。

賀子舟搖搖頭，離開了那群聽熱鬧的人。

他當然知道啊！

那真的是玉碎的聲音，是玉那心尖上的，最好最好的那一塊碎掉的聲音。

賀子舟失蹤了又回來，然後就以自己患了失魂症，經常忘事為理由辭掉了採玉場帳房先生的職務。

他其實不是害怕那玉靈會再害他，他只是害怕自己會因為對蘇星南死心了，而因為怕寂寞，便胡亂給人承諾。

寂寞是很可怕的事，心裡一點寄託都沒有的時候，很容易做出讓自己後悔的害人的決定。

可是，他現在，難道就沒有害人嗎？

賀子舟看著滿櫃子的玉器發呆，直到客人催促他，他才回過神來，把一柄玉如意拿過來給他看。

來人穿金戴銀，滿身綾羅綢緞，一定非富則貴，這柄玉如意素淨雅致，只有一些金絲鑲嵌的圖案。

賀子舟心想他一定不會滿意。

不料那人卻十分滿意，當即重金買下，賀子舟有點意外：「我還以為你會覺得這個太素淨了呢。」

「配我是太素淨了，可配他剛好了，他啊，也是這樣子的，看起來沒什麼大不了，卻暗裡閃著誘人的光，讓人喜歡得不得了！」來人笑了起來，「你若是有了心上人便懂了，那時候，你做任何事，都只會先想到他，而不是自己了。」

賀子舟愣了半天，才懂回話：「如果，如果要做的事情會傷害他的話，就不做了，是不是？」

「也不一定啊。」來人忽然惆悵了起來，「如果他真的想要做這件事，那就算是他要我殺了他，我也會動手的。反正啊，他死了之後，我也會死的嘛。」

來人說話一副大大咧咧吊兒郎當的模樣，可賀子舟覺得他實在太帥氣了：「楊大哥，除了玉如意你還要什麼？我派人給你送過去，你先回家吧，星南應該在等你。」

「不急，我租了一艘快船，晚飯前就會到的。」楊宇站起來伸個懶腰，「子舟啊，你有沒有心上人啊？」

「……我不知道。」

楊宇看了他一眼，那眼神說不上是相信還是懷疑，大概就是一種無所謂的態度。

賀子舟有時候也希望自己有這種無所謂的態度，但他偏偏沒有這樣的神經。

目送楊宇離開後，他也關上了玉器店的門，他在裡間帳房裡算帳，卻怎麼算都算不下去。

最後，他還擱下了筆，連夜上了山。

礦場重地，閒人免進，但賀子舟跟礦場的人很熟悉，所以見他在閒晃也只當他舊地重遊，沒有太過關心。

賀子舟沿著玉脈走了一遍又一遍，喊了很多遍「你出來吧，我想見見你」，可是直到他走到天邊都泛起魚肚白了，還是只有林間山風吹過樹梢的聲音在回應他，好像這山從來都只是一座山一樣。

實在是累得走不動了，賀子舟在一道小河邊上潑濕了臉，心想自己不過是想見他一面，怎麼這麼難？

他看著那水，忽然想起了許三清為了追上蘇星南，明明不會游泳卻硬是跳了河，逼蘇星南回頭去救他。

他捏著鼻子，往那剛沒過胸口的河水跳了下去。

水流重重地積壓著胸腔，他收起腿，如願以償地滑到了水面下，河底淤泥濕滑，水草纏繞，他怎麼掙扎都站不起來了。

撲騰了好一會兒，賀子舟開始心慌，難道他真的不在了？他真的離開了玉羅山？他拚命蹬著腿腳想要站穩，卻怎麼都踩不到受力點，被攪起了淤泥水草的河水渾濁腥臭，咕咚咕咚地嗆進了他的口鼻裡。

一條白色的袖子把失去意識慢慢往河底沉下去的賀子舟捲了上來。

沒人說話，只有輕輕的嘆息。

賀子舟猛地往前一撲，抱住了那人的腰。

他呆住了，他不是暈了嗎？

「對不起，我騙你的。」賀子舟一邊咳著泥水一邊說話，「別走，聽我說，別走。」

「……你既然選擇了回去，我不走，還能幹什麼？」他垂下眼簾來，聲音竟得如同吞了一把炙熱的鐵砂。

「你聽我慢慢說。」賀子舟一手箍著他的腰，一手按住他的背，把他固定在自己懷裡，生怕他使了法術便跑了，「那時候，我是一定要回去的，如果我留下，也只是讓你永遠當蘇星南的替身，我不想這樣，我想要徹底地死心，然後才能長出一顆新的心，去裝別的人。」

「長出新的心？」他皺了皺眉，並不抗拒賀子舟這樣抱著他，「人類不是只有一顆心，不能重生，沒了就死了嗎？」

「嗯，沒了就死了。所以，那個愛著蘇星南的賀子舟死了，現在的賀子舟，想要珍惜其他人。」賀子舟鬆開手，看著他的臉。

圓潤的鵝蛋臉，玉瓷色的肌膚，眼如琉璃琥珀，燁燁生光，唇若紅脂桃玉，含春待啟，確實是一副如玉溫潤的容顏，雖不比蘇星南那璀璨若暗夜星光的醒目，卻自有細水長流的嫵媚風情。

賀子舟愣了一會，怪叫一聲：「怎麼是你？」

「嗯？」他詫異，他還記得他真身化形的容貌。

「我記得你！我還教過你玉有五德，你記得嗎？」賀子舟一把握住他的手，「你為什麼突然跑了？又為什麼不來找我？你、你真是、真是！」

「真是什麼？」他詫異地看著賀子舟那恍如驚喜過望的神情，全然不知道他到底為何有此反應。

「我就是喜歡你這個樣子啊！」賀子舟紅著臉道，「也許我這樣說有點馬後炮，但是、但是那個時候，我曾經想過，不如我就忘了蘇星南，好好追求你。但是你之後就不見了，於是我就繼續跟蘇星南來往，繼續喜歡著他，可我現在不喜歡他了，不不不，我喜歡他，可我是把他當作朋友兄弟一樣喜歡，我現在，現在想喜歡你，像你喜歡我那樣喜歡你，行不行？」

又是那種身體裡震動起來的感覺，他嘴唇發顫，推開他就想逃，焦急得連靈力都忘了使用：「胡說，我才不喜歡你！」

「可我喜歡你、我喜歡你！」賀子舟連忙追上，又是攔腰一撲，乾脆把他撲倒在河邊，「你別走好不好？我以後只喜歡你一個，只看著你一個，好不好？」

冰涼的河水浸濕了兩人衣衫，賀子舟看著身下玉人面色慢慢變成嫣紅，他慢慢伸出手，撫上他的臉。

「瑲祈……」

「嗯？」

「我叫……璿祈。」璿祈眨了幾下眼。

「璿者，美玉也；祈者，求福也。」賀子舟笑了，他壓低身子，在水裡擁抱著他，「有你這塊美玉陪著我，就是我最大的福氣了。」

河水冰涼，但璿祈卻感覺到自己熱了起來，從外到內，再從內到外。

他忽然想起自己讀過的詩經：投我以木瓜，報之以瓊琚。匪報也，永以為好也。

匪報也，永以為好也。

他又控制不住眼角流水了。

可這次，他不痛了。

只要陪著他，他就不會痛。

——番外一〈山有玉兮〉完

番外二 只是當時

這一年天氣格外冷，冬至剛過，鵝毛大雪便已覆蓋了整個蘇杭，雪停了，便是一片白茫茫的冰雕玉砌，幾個裹著厚實棉襖的小孩在人煙稀少的城郊野地上打雪仗，飛來飛去的雪球三不五時打到旁邊的樹木，嘩啦一下便掉落大篷大篷的雪。

「吃老子一球！」一個大胖小子飛快擲出一球，對方一縮脖子躲過，那雪球砸到了一根樹杈上，壓斷了那脆弱的枯枝，「喀嚓」一聲斷裂，積雪跟樹枝一併掉了下來。

「哎喲，誰偷襲我！」卻聽見樹下傳來一聲大叫，打雪仗的孩子停了下來，定睛看去，原來那棵樹下躲著個跟他們差不多年紀的男孩，他穿著一身雪白的狐毛裘子，是以一群小孩竟然誰都沒看到他。

「啊，是楊家公子，快走！」那班小孩認出了那男孩，連忙逃了開去。那小公子急急追了幾步，但衣服累贅，他跑不了幾步，那些人就不見了。

「幹嘛跑啊，我也想一起玩……」小公子扁起嘴來，蹲在地上撥著一地亂瓊碎玉，生起悶氣來。

「啪」的一下，一個小雪球砸到了小公子後頸上，涼颼颼的寒意激得他猛地跳了起來：「誰，誰偷襲我！」

沒有人回答，只有一陣「啪啪啪」的拍手聲從一塊石頭後傳來，小公子跑到那大石頭後，一個雪球又砸了過來，但他這次早有防備，一偏頭就躲了開去，猛然一伸手，捉住了一隻纖細滑膩的手臂：「喝，還捉不到你！」

「哈哈，哈哈哈！」對方卻還是只在笑。

小公子抬頭看去，只見一個蓬頭垢面的小孩子蹲在那大石頭底下，衣衫襤褸，大雪天只穿一件單衣，破布鞋裡露出凍得通紅的腳趾頭，自己手裡捉著的手臂也是凍得一片白，手指甲裡全是汙垢。他右手被捉住了，便用左手一個勁地拍著大腿，一邊拍一邊哈哈笑，整張小臉就只有牙齒是白的。

原來是個小叫花。

「你為什麼扔我？」小公子連忙放開他，抓起地上一把雪，擦化了雪水來洗手。

「哈哈，哈哈哈！」小叫花不回答，還是一個勁地拍手，拍著拍著便抓起一把雪扔了過來，看對方忙不迭地閃躲，他就笑得更高興。

還是個痴呆的小叫花。

小公子也無處發火了，訕訕起身離開，卻不想剛走了兩步，那小叫花又團了雪球來砸他，還跳了起來跑到他身邊，一邊砸一邊笑。

「喝，你！老虎不發火你當我病貓，別跑！」小公子鼓起腮幫子，捉起地上的雪就還擊過去，小叫花雖然痴呆，身手卻是非凡，不光把小公子的襲擊全都躲過了，還有時間團幾個雪球反擊。

小公子家中殷實，過去跟別的小孩玩，大家都怕真的打到他而留手，後來乾脆不跟他玩了，這次有個人真真正正地跟他打起雪仗來，他心中十分歡喜，也不嫌棄小叫花了，高高興興地跟他打了起來，實在打不過，就撲了過去把人家按在雪地上，嘻嘻哈哈地抄起雪沫兒來糊對方臉上，倒是給他洗乾淨了臉，圓眼睛尖下巴的，倒也長得十分精緻。

「哈！」小叫花也不甘落後，用力一翻身，把小公子也壓在底下，學他那樣拿雪沫兒糊對方臉上，兩人在地上滾作一團。

忽然，小叫花不動了，他推開小公子，蹲在地上，抓起一把雪就往嘴巴裡塞。

「啊，不能吃！」小公子連忙阻止他，小叫花瞪著眼睛看著他，還是不停地把雪塞進嘴巴裡。

「這個不能吃。」小公子捉住他的手，「你餓了是不是？給你吃這個，雪不能吃知道嗎？」說著，他從懷裡掏出一個油紙包，裡頭抱著幾顆梅子糖，他塞了兩顆糖給小叫花，小叫花想也不想就塞進了嘴巴裡，然後便笑了起來，捉著小公子的手轉著圈跳了起來。

「哈！」小公子也笑了，他知道小叫花把他當朋友了。

他什麼都不缺，就是缺一個不在乎他身家背景的朋友。

「寶琛，你在哪裡？」遠遠傳來了女子的叫喚，楊寶琛應道，「娘，我在這！」

「你亂跑什麼呢，拜祭過爺爺就該回家了，到處跑，小心爹又打你。」一個同樣穿著毛絨裘子的俏麗婦人循聲走了過來，「怎麼搞成這樣！」

「我跟人打雪仗！娘，我介紹……咦？」楊寶琛一回頭，卻沒看到那個痴呆的小叫花，身後只有一片茫茫白雪。

婦人好像猜到了什麼，連忙拉著兒子往回走：「別看了，快回家去，你爹在等著呢。」

「可是，我剛才、剛才真的跟人在打雪仗，那是個小叫花子……」楊寶琛還在拚命回頭，「他一定是躲起來了，他有點傻，可能他害怕妳所以……」

「寶琛，你剛才沒遇到什麼人，以後不許自己一個人來這裡，知道嗎？」婦人嚴厲地喝了他一聲，「回去不准跟任何人提起，知道不！」

「……嗯。」楊寶琛扁著嘴，低下頭去掏梅子糖，一二三四五，分明就是少了兩顆嘛，他明明就遇到了一個小叫花嘛。

「寶琛，又到哪裡野去了？」一個中年男子站在一處富麗華貴的墓碑前皺著眉頭教訓楊寶琛，「都是爺爺把你寵壞了。來，給爺爺磕個頭，回家吃飯了。」

「是。」楊寶琛一邊心想要是爺爺在，他才不會讓你們這麼罵我一邊跪下磕頭。

爺爺經常說，世界上萬事萬物都有靈性，哪怕剛才我遇到的不是人，爺爺也不會這麼生氣的，說不定爺爺還會高興地說下次跟我一起來找小叫花呢。

楊寶琛心裡不高興，回家時也頻頻回頭，也不知道他是看自己爺爺的墓碑，還是看那大片雪地上是否還有那小叫花的身影。

一行掃墓的人離去，雪地也歸於寂靜。剛剛清理過積雪的墳頭，裡間主人的名字在雪地反光中燁燁生輝地映出「公故顯孝　楊府諱宇　之　靈墓」。

仍是那般貴氣有餘，雅致稍欠。

與墳地相隔不過數里太華觀裡，月留真人眼看自己最疼愛的小徒弟哇的吐了一口黑血，悠悠轉醒過來，看了看眾人，微微一笑又暈了過去，嚇得心裡直打鼓：「太師祖，難道清池他！」

「莫要驚慌，他剛剛魂魄歸體，因為肉身還帶著那萬尊妖身的邪力，兩相衝擊，才會吐血，待那妖身餘孽邪力消散，自當無誤。」被稱為太師祖的道人一頭白髮，連眼眉眼睫也是一色的白，面容卻十分年輕，外貌看來不過三十，輩分卻如此看高，大概已經是得到成仙的前輩了。

「感謝太師祖援手！」月留真人這才鬆了口氣，「若不是太師祖恰好回來，以月留一人之力，恐怕太華觀早就……」

「你已經做得很好了。」白髮道人打斷他的話，「萬尊妖身非是一般鬼怪，它已經修得千年道行，你能把它打敗，逼得它借了你徒兒肉身才逃脫走了，已經非常難得，況且，你還懂得先以野狗身軀承載徒弟的靈魂，讓他不至於魂飛魄散，更是險中求勝的奇招，當初心禾讓你領導太華觀，今日看來，你是實至名歸，莫要妄自菲薄。」

「謝太師祖誇讚，月留自當繼續努力。」月留真人在整個道門裡聲望也是宗師級別的，但在這位白髮道人跟前，卻是謙卑得如同剛剛出師的小道長，靜室裡的其他弟子都不禁心裡疑惑，這白髮道人到底是什麼來歷。

「師父師父。」這時，一個小道長跑了進來，「不好了那頭小狗死了！」

「唉，終究是造了殺孽。」月留嘆口氣。

「既然眾生平等，你救一命，害一命，也無造孽之說，那小狗的屍體，便好好安葬了吧。」白髮道人對生死之事並無特別感想，「此間事情既已完結，我也該離去了。」

「太師祖，你不到觀中看看？」

「不了，此番回來也不是為了看你們，太華觀雖是我的出身之處，但如今我已塵緣盡了，無論哪個道觀，皆是一同。」

白髮道人起身便往門外走，眨眼工夫，已經消失無蹤。

靜室裡的道人此時再也按捺不住好奇了，紛紛問起月留這到底是何方高人，月留搖搖頭：「你們這群小崽子，平常讓你們讀太華觀歷史你們不讀，竟然連太師祖都忘記了。」

「師尊，太華觀一百多年歷史，我們哪裡記得住那麼多的前輩啊。」

月留臉色一沉，斥責道：「別人你們可以忘記，蘭一太師祖你們絕對不能忘記。在七十多年前那場滅道之難裡，要不是蘭一太師祖，太華觀早沒了！」

眾道人大驚：「什麼，那是蘭一太師祖？他怎麼會那麼年輕！」

「笨蛋，他聽太師祖說他已經了卻塵緣了嘛！這就是他已經成仙了的意思啊。」

「仙人白髮童顏，果然不假。」

「可是他既然塵緣盡了，又回來這裡幹什麼呢？」

「唉，誰知道神仙想的是什麼呢？啊，你說我們小師弟到底死了沒死啊？」

「呸，你們都死了他也死不了，他可是我們之中天賦最高的。」

眾人仍在熱烈地討論，那被討論的人，卻已經到了那新掃的墳前，默默凝視著那幾個金色大字。

塵緣盡了，如今，便是真正的塵緣盡了了。

蘭一方才經過雪野，聞到了那片雪地上殘留的妖力，還有楊家小公子身上那命帶金銀的貴氣。

在太華觀裡，他已經看出那條小黑狗之所以死去，是因為那個小道士附身黑狗時化了人形，把黑狗本來的魂魄之力給消耗殆盡，他的魂魄離體，那黑狗便死了。

小小年紀，不僅魂魄離體毫髮無損，還能使附體動物化出人形，這等天資連蘭一都自嘆弗如。

太華觀好不容易出一個驚才絕豔的小道長，偏又叫你楊家遇著了。

到底是誰禍害了誰啊，楊宇？

蘭一嘆著氣笑了笑，半跪下來，從袖子裡拿出一柄玉如意，把它埋了進去。

他的故事，他的故事，早就已經完結，那後世人的故事，便由他們自己擔當去吧。

大片大片的雪花又飄落了下來，乾坤一片清白，誰都再也覓不到一絲痕跡了。

——番外二〈只是當時〉完

高寶書版集團
gobooks.com.tw

FH044

鎮魂鈴 下(完)

作　　者　風花雪悅
繪　　者　兔仔
編　　輯　林雨欣
校　　對　小玖
美術編輯　陳思宇
排　　版　彭立瑋
企　　劃　李欣霓

發 行 人　朱凱蕾
出　　版　朧月書版股份有限公司
　　　　　Hazy Moon Publishing Co., Ltd
地　　址　臺北市內湖區洲子街88號3樓
網　　址　www.gobooks.com.tw
電　　話　(02) 27992788
電　　郵　readers@gobooks.com.tw（讀者服務部）
傳　　真　出版部　(02) 27990909　行銷部 (02) 27993088
郵政劃撥　50404557
戶　　名　英屬維京群島商高寶國際有限公司台灣分公司
發　　行　英屬維京群島商高寶國際有限公司台灣分公司
初版日期　2022年10月

國家圖書館出版品預行編目(CIP)資料

鎮魂鈴 下 / 風花雪悅著.-- 初版. -- 臺北市：朧月書版股份有限公司出版：英屬維京群島高寶國際有限公司臺灣分公司發行, 2022.10-
　面；　公分. --

ISBN 978-986-06814-4-4(第3冊：平裝)

857.7　　　　110014499

朧月書版

朧月書版